청어詩人選 348

창세기 숲에는
시가 산다

성용애 시집

청어

창세기 숲에는 시가 산다

성용애 시집

섬세한 언어감각의 스펙트럼

성용애 시인은 플로리스트다.

단순한 취미로 꽃을 사랑하고 가꾸는 것이 아니라 고도의 전문성을 가지고 아름다움과 공간의 기능성 그리고 숨겨진 꽃의 부가 가치를 창출하는 플라워 아티스트다.

그는 이미 여러 개의 꽃예술단체에 가입하여 활동하고 있을 뿐만 아니라 지도자로서 작품 발표회를 갖기도 하였다. 그리고 그는 주기적으로 외국에 나가 외국의 트렌드에 대한 정보와 기술을 보고 돌아와 새로운 아이디어에 접목시키는 일을 해 오고 있는 마에스트로다.

따라서 그의 시 전편에는 꽃꽂이 전문가로서 몸에 밴 색채감과 균형 그리고 섬세한 감각이 그대로 반영되어있다. 그리고 좀 더 가까이 다가가 보면 그의 시에는 꽃들의 이름과 꽃들의 꿈과 꽃들의 희망이 내밀하게 그려져 있다.

이런 관점에서 그의 작품 안에는 사물들의 몸짓과 감정과 전하는 말들이 자연스럽게 녹아있는 것을 목격할 수 있다. 그리고 무엇보다도 그는 그가 가지고 있는 그의 태생적 감수성으로 이를 잘 표출해내고 있다.

김지원(시인, 전 한국크리스천문학가협회장)

시인의 말

어느 날 하늘에
메가박스 화면보다 큰 사진들이 나타났다
여왕과 시인 화가 음악가 철학가
줄지어 선 얼굴들은 서로 대화를 나누기도 했다

그 아래로 끝없이 펼쳐진 꽃들
나는
빛이 환한 꽃길을 걷고 있었다
누군가와 바쁘게 얘기를 나누면서

꿈이었다

나와 동행하는 그분을 알고 있다
내 안에서 나와 함께하며 내 이야기를 들어주시는 분
그분께 영광 올리며
은밀히 나눈 대화들을 묶는다

소나기 마을 김종회 교수님께 감사드리고
수고해 주신 분들께도 감사드리며

꽃길 함께 걷는 화우(花友)님들과 함께
기쁨을 나누고 싶다

2022년 늦여름에
석류 성용애

차례

2부   늦어버린 시간에 대한 변명

3부   봄을 찍다

4부   아침 묵상

5부 꽃이 된 당신에게

해설

1부   백목련 피는 기도

가을은 또 떠나가고

태산목 가지런한 잎새에
흰옷 입은 칼라가 살포시 앉는다

스쳐가는 시간을 무언으로 껴안고
화려했던 젊음을 기억하는 아쉬움 같은

휴

마지막 열차 보내는 허전함
털어내는 빈 가지에

비로소 홀가분한 마음 접어 앉히는
비움이 깊다

멈추지 않는 시계 초침 달려가는 골목길로
가을은 또 소리 없이 왔다가 떠나가고

내일은 또 오늘로 찾아오고

겨울새 이야기

눈꽃 날리는 갈대숲에 겨울새의 울음이 번진다
물속에 앉아 먼 땅에 두고 온 사연들 꺼내어 헹구다가
북받쳐 오르는 서러움에 머리를 거꾸로 박고 몸서리를 친다
가슴으로 비집고 들어와 눈보라로 때리는 기억들

펄펄 끓는 바다
부서져 내리던 빙산의 살점들
하얀 피로 덮인 섬들은 실신한 채 둥둥 떠다니고
연미복 신사들은 부르던 천상의 노래들을 거두어
어디론가 떠나갔다

그리하여 하늘 까맣게 끼룩거리며 떠나온 멀고 먼 길
찢어지는 굉음 속에 두고 온 가족들을 잊을 수 없어
온종일 발을 바둥거린다

버드나무 가지 위에 앉아 숨어보던 낮달도
못 본 척 슬며시 사라진 후
후루룩 털어 잊어버리려 온몸을 빗질하는 피콕색 비단옷이
떨며 끝없이 흐느끼고 있다

무섬다리

은모래 맑은 시내를 삐뚤삐뚤 나무다리가 건너고 있다

아슬 아슬 광대의 줄
도포 자락 날리는 선비가 건너간다

댕기비녀 단아한 부인이 뒤따라가고

쾌자 입은 도령 색동옷 입은 아가씨도 간다

수건 두른 종들이 따라간다

강 건너 마을에 무슨 일이 있어서
저 좁은 다리를 그리 바쁘게 건너가고 있을까

휘어진 물그림자 끌어안고 유유히 흘러가는 강물

깊숙한 물속 먼 곳 이끼 앉은 푸른 기와집에

반남박씨와 선성김씨 종친들이 모여앉아
긴긴 얘기
나누는 모습이 어른거리고 있다

백자, 가을을 품다

화살나무 가지
망개와 함께 물 위에 선다

해바라기 살짝 고개 숙인 얼굴
입 벌린 밤송이 가지는 겸손하게
마가목 빨간 열매
보랏빛 벌개미취 틈새로 비집고 앉은 영지

땅의 숨소리 받혀 올리는 고요가 따라와
살그머니 앉는다

맑은 물속 저편 조심스레 들어앉은
정갈함으로

백자, 가을을 품다

백목련 피는 기도

시퍼렇게 날을 세운 하늘에 머리 들이밀고
백목련 촛불을 들었다

손 모아 일제히 일어섰다

빌딩 난간에 올라앉아 코로나 쏘고 있는 전광판
선전포고도 없이 원폭을 터트렸기 때문이다

그 당당한 권력이 붉은 달을 잘라 밤을 태웠기 때문이다

아아, 지구가 위태롭게 술렁거렸다

뾰족한 두려움은 피부 속을 파고들어 거대한 집을 지어놓고
밤마다 찾아와 문을 두드렸다

팽팽하게 긴장한 어둠 속으로 천천히 다가오는 공포가
포위망을 좁혀왔다

꼬리에 꼬리를 물고 늘어나는 어둠의 소식
지구를 돌고 돌아 아직도 하늘 끝에 당당하게 버티고 서 있다

그리하여 백목련은 일제히 일어나 하얀 시위 터트렸다
평화의 옷 눈부시게 입고서 촛불을 들었다

햇살 내려앉은 곳마다 달빛 뿌려지는 곳마다
세상 곳곳을 환하게 밝힌 하얀 꽃불이 활활 타오르고 있다

어둠을 몰아내는 평화의 항쟁이 시작되었다

아름다운 것들

망초꽃 사글 거리는 들녘에
싸랑부리 덩달아 피워 올린 꽃망울
뽀얀 별이 날아와 한들거린다

논두렁 풀숲, 하야니 베일 덮은 삐비꽃
새들새들 헤픈 마음 하늘에 풀어 놓고
지나는 나비들에도 온몸 흔들어 대는데

돌 틈에서 기어 나와
가냘픈 목 힘껏 밀어 올린 민들레
담 넘어 소식 궁금하여 꼭 다문 봉오리
활짝 열어 재끼고 넘겨다 본다

뱀딸기 요염한 입술에
은밀한 신호 보내는 작은 새
말없이 서 있던 엉겅퀴는 시퍼런 가시를 세운다

꽃 향에 취한 바람은 비틀거리다
청밀 밭 속으로 숨어들었다

물결치는 푸른 바다

들길에 서면 나도 한 송이 풀밭의 작은 풀꽃이다

지난밤 그 꿈을 그릴 수 있다면

숲 사이로 살랑거리는 바람
내 비치는 푸른 하늘
비어져 나오는 새소리

따뜻하고 환한 빛 속으로
살그머니 나왔다가 숨어버린 사슴 발자국을
그릴 수 있다면

말갛게 들여다보이는 물속 편안하게 누워있는 다슬기
그 살진 여유를 그릴 수 있다면

클레마티스 넝쿨 하얀 울타리
잔잔한 평화를 그릴 수 있다면

아미쉬 마을 창문으로 흘러나오는
순한 웃음
그 환희를 그릴 수 있다면

정말 그 꿈을 그릴 수만 있다면
머리맡에 하얀 도화지 산처럼 쌓아두리
꿈을 그릴 수만 있다면

연산홍 속의 큰어머니

구불거리는 길 휘청휘청 큰어머니를 만나러 간다

잔디밭에 하늘을 향해 나란히 누운 이들
이름도 다르고 살아온 길도 달랐을 똑같은 모습들
영원한 자유 속의 휴식이 평화롭다
정갈하게 다듬어진 돌계단 하늘 건너는 길목 곁에
회향목 울타리 둘러치고 앉아 오손도손 얘기 나누는 큰어머니
따뜻했던 그 모습 넘겨다 보인다
다가서 고개 숙인 눈앞으로
뭉클 뭉클 쏟아져 나오는 크고 작은 기억들

'호랭이나 물어가지' 허물없이 던지던 욕설 몇 마디
겹쳐지는 정겨운 추억들에 가슴이 먹먹하다

'생이란 건 풀어진 고리 엮어져
돌고 돌아 살다가 제자리에 와서 맺는 흔적인 게야'

가슴에 넘치는 사랑 끌어안고 세상에서도 하늘처럼 살았던 분
품 속에 달 같은 사랑 가득 껴안고 살며
남의 일도 내 일처럼 걱정 근심 끝이 없던 정 많은 아지매
오늘은 또 누구의 걱정 대신 앓아주며
저토록 고운 진홍빛 연산홍 곁에 누워 계시나

파주코지 사진인의 집

상수리나무 숲 내리막 오솔길 모퉁이 돌아서면
시간의 소리로 꽃의 감각을 도정하는 정미소가 있다

소탈한 주방엔 미소를 생성하는 레시피의 주부가 있고
깜찍한 재롱둥이 손주도 있다

뒤뜰엔 하늘 덮는 상수리나무가 있어 까치 가족들은
폭풍에도 무너지지 않는 아르누보 작품을 하늘 끝에 설치했다
뜰에는 잎이 떨어진 꽃사과
가을볕 붉게 지나간 행잉 작품들 줄지어 서 있고

꽃차 향내 입속에 고이는 메리골드 밭
은발의 주인은 마른 풀숲에서 커다란 렌즈를 돌려가며
보석을 찾아내기 위해 촉각을 세운다

노을이 올 무렵 이층 창틀 속엔 불타는 가을의 명화가 걸리고
방마다 세계의 번쩍이는 혼의 도정된 알곡들이
수북하게 당당하게 자리 잡아 불을 밝히고 있다

귀를 기울이지 않아도 입을 열지 않아도
세상의 모든 꽃의 소식과 교감하며 하늘보다 높은
하늘을 펴 올릴 수 있다
파주 123번지 그곳에 가면

푸른 신호등

밤이 어둠을 거둬 천천히 떠난 후
아침은 푸른 신호등을 선명하게 켠다

대밭 같은 빌딩 비집고 걸어가면
낮은 돌 울타리 사이 설초는
병아리 주둥이 같은 꽃들을 피워 올려
사라진 바람의 소식을 묻는다

강이 보이는 잔디밭 당당한 모습으로 기다려주는 친구들
날마다 만나지만 반갑기만 해
눈빛과 눈빛 고정 후 호흡 맞춰 흔들고 굽히고 비비고 나면
손바닥은 빨간 꽃을 피우고
이마에서는 별이 줄줄 흘러내린다

차오르는 호흡 속에 얼룩진 어제를 뿜어내고
프리즘으로 반짝거리는 오늘을 마신다
상큼한 향내 속에 생성되는 젊음
혈관으로 수혈되어 기분은 해 같은 꽃이 핀다
아침 운동은 하루를 살리는 푸른 신호등이다

부활론

꽃들이 비상을 꿈꾸며 몸매 가다듬고 있다
튀어나온 가지 엉긴 잎새들이
싸락싸락
예리한 촉각 쏟아붓는 열정으로 거듭나 세상의 문 열고 있다
공식과 제한 뛰어넘는 혼의 자유가 땀방울 낭자하게 피어있다
잘린 상처마다 진액 흘러나와 해산 되어지는
또 하나의 삶
숨은 꽃 한 송이 찾아 흰 그림자는 수 없는 미로의 길을 헤맨다
틀어 앉은 고목 상처 위로 뚝뚝 떨어지는
진홍빛 맨드라미 빠알간 눈물
핏물 그득한 화기 위에 저린 아픔이 고인다
알 수 없는 깊이 끌어올린 가지 끝에 노랗게 매어달린 열매
죽어서 다시 피는 삶으로
노을빛 장미는 황홀한 미소를 머금는다
아름다움을 위해 양쪽 팔을 자르고
영원한 형벌로 서 있는
비너스
그 위대한 영광의 의미를 꽃들은 알기 때문이다

눈 내린 날에는 음악을 들어요

온종일 눈이 퍼부어 대더니
창밖에 낯모르는 풍경이 다가와 어른거리고 있다
지바고의 마을이다
하얀 세상
유리창에 낀 성에가 둥글고 커다란 남자의 눈으로 변한다
아픈 사랑 울리던 라라의 테마가 기억 밑바닥에서 뿌옇게
피어오르고 있다

낡은 음반 한 장을 집어삼킨 기기 입이 숨을 고르다가
아픈 사랑의 이야기를 토해낸다
낮은 촉수의 방안이 눈밭으로 변한다

지바고 숨어 살던 외딴집에는 초조한 두려움이 녹아내리고
눈 속에 노오란 수선화는 향기를 피워내고 있다
수염까지 얼어붙은 지바고가 라라의 흔적을 찾아 눈밭을 헤맨다

혁명도 전쟁도 아픔도 사랑의 굴레를 벗기지 못하고
연인들은 운명을 피할 수 없어 슬픈 막을 내린다
한없이 퍼붓는 눈 속에
쩔거덕거리는 기차가 떠나가고 있다

지리산 산수유마을

지리산으로 가는 길목 깊은 산중에 노오란 별들 자욱하다
아늑한 남향 골짜기 드문드문 숨어 있는 몇 채의 집
고삿길 마다 별들이 사글 거린다

마른 버짐 핀 돌담 담쟁이 기어가다 잠든 길목 지나
시냇가 덱크길엔 꺼슬한 기둥에 노란 차일 높이 치고
몽롱한 향기 속에 봄 잔치가 한창이다
팡팡 터지는 별들 웃음소리로
꽃그늘 아른아른 시끌벅적 난리가 났다

하늘 끝에 매달린 산봉우리
불어오는 달콤한 노란 바람
계곡물에도 노란 하늘이 흐른다

이 길 끝에 어쩌면 하늘로 통하는 비밀의 문이 있어
밤마다 나목 숲으로 꽃별들 쏟아져 내려왔을 것이다
별들 지나는 발길마다 톡톡 꽃눈 터졌을 것이다

온 세상에 꽃 소문 파다하게 퍼뜨리는 아무도 모르는 그곳
깊은 산골 산수유마을

산불

바람의 비명 속에 피어오르는 검은 구름
빨간 꽃이 춤을 추고 있다

말발굽 울리며 거세게 덮쳐오는 적군들

죄도 없이 영문을 모르는 채
화형을 당하는 자작나무 도토리나무
참나무 나무 나무들

시꺼먼 시체로 쓰러져 누워있는 바위
난간 위에 아슬아슬 서 있던 소나무 한 그루도
온몸 할퀸 채 반만 남은 몸으로 떨고 있다

계절을 바꿔 가며 새 옷을 입히던 초목들이 눈앞에서
온몸에 불길 뒤집어쓰고서 울부짖는 모습을
이를 물고서 보고 있는 산

산은 도망치지 않는다
피하지 않는다

제자리에 앉은 채 고스란히 견디고 있는 산
속마음 처참하게 녹아내려 시꺼먼 숯으로 변해도
말이 없는 산은 장중하게 앉아 자리를 지키고 있다

그날의 추억은 살아있다

산골마을 정자나무 위에 올라선 스피커가
씩씩한 군가 국민체조로 아침을 열었다

푸른 바람 날아오는 뒷산
까치는 목쉰 소리로 구령 따라 메아리를 풀어 놓는다

새마을 모자 뒤집어쓴 아재의 불끈거리는 팔의 힘줄
김 나는 두엄 한 바작 짊어지고 작대기를 짚으면
옥수수 고랑에선 일제히 금발 아가씨들이 줄을 선다

보릿대 활활 타는 아궁이에 튀어 오르는 피리소리
가마솥 둥근 엉덩이 들썩거리면
집안에 한가득 웃음소리 울려 퍼지고
싱싱한 이슬방울 흘러내리는 아침상에는
엄마의 손맛 배인 나물 구수한 아욱 된장국
식욕은 완두콩 박힌 보리밥 한 사발을 금방 비웠다

더까리* 속 노오란 병아리 어미 닭 품에서 졸고 있던 오후
문득 발견한 가슴 멍울에 가슴 뛰었던 그날
뜰 앞의 앵두나무는 푸른 잎 새 속에 빨간 피를
쏟아놓고 있었다

*더까리: 전라도 방언, 병아리를 가두는 용품

일출, 그 위대한 시원(始原)

어둠을 더듬어 밤새 달려간 동해
바다는 하늘에 온몸을 맡긴 채 길게 누워있다
방파제 난간으로 빽빽하게 모여선 소원들
꼭꼭 싸맨 목도리 속으로 기다림이 초조하게 파고든다

아득한 눈 끝 긴 선 하나 그어지고 점점 가까이 다가온다
핏물 어리며 번지는 붉으레한 그림자

초조한 눈길들 일제히 모아지고 검은 구름 들어올려
덮여진 베일 천천히 걷어 내리며
아 아 페르시아 여왕보다 신비스러운 자존 한 덩이
드리운 베일 걷어 올리며 도도한 모습 드러낸다

똑바로 보는 것을 허락지 않는 위엄으로 피는 서슬이 부시다
온몸으로 흐르는 존귀와 품격
당당함으로 온 누리를 제압하고 있다

떨어져 내리는 빛살 끌어안고 온 몸 치대어 환호하는 바다
금가루 뒤집어쓴 갈매기들은 일제히 퍼레이드를 편다
물길 찢으며 달려가는 어선들
만선을 예감하는 함성이 길게 뒤를 따르고 있다

2부

늦어버린 시간에
대한 변명

2부

늦어버린 시간에
대한 변명

봄을 그리는 수채화

꽃에 홀려 섬진강 길을 달렸다 핑크빛 물감이 내려갈수록 진해진다 기차 마을 곡성역 증기기관차가 쩔거덕거리며 다가와 거꾸로 가는 차표를 끊었다 푸른 안개 서리어 있는 나목 가지 새순들 사이로 감겨오는 달콤한 공기 매실 꽃들이 피시시 웃으며 다가왔다가 재빨리 멀어져간다 스치고 가는 만남과 헤어짐 필연의 이치 속에 아득한 날의 기억 하나도 확인했다 꽃 분홍 신부 드레스 빛 자욱한 구름 속 숨어 있는 하동시를 지나 짙은 감색 비단자락 늘어진 강을 따라 천천히 들어서는 쌍계사 입구 꽃 차일엔 연지 바른 얼굴들의 화려한 웃음소리 길을 메운다 강물에 몸을 담그고 있는 고목 일지 화 한 가지 선과 면과 여백 고루 갖춘 자태에 우리는 발걸음 뗄 수 없는 석상이 되어 버렸다 백설희의 봄날은 간다 흐르는 화개장터 까만 투가리 재첩국 뽀오얀 국물 송송 뿌려진 초록 부추 이때만 나온다는 벚굴로 호강도 해보고 천막을 나서는 걸음에 봄밤의 붓은 어느새 몽롱한 은색 달빛을 찍어 애절한 쑥국 새 울음을 덧칠하고 있었다

갤갱이 꽃들은 밤을 기다리고 있다

찜통더위에 밀려 집을 나섰다
거대한 창문들이 하늘 향해 줄지어 서 있다
야곱의 사닥다리
낙원을 소원하는 일상이 거기 매달려 있다

토끼굴 지나면 번쩍거리는 불빛 무더기 와락 덤벼든다
쓰르르 뚜뜨 후르르 띠우띠이

햇빛 속에선 그토록 무뚝뚝한 표정으로
시침 떼고 서 있던 빌딩들이
밤이 오기 무섭게 현란한 꽃등 뒤집어쓰고
화려한 강물에 온몸을 던진다

저 빛나는 건 신기루야
밤과 낮의 얼굴이 다른 허상
빨리 걷기로 가는 발길에 어둠이 막아서며 소근거린다

등줄기가 젖어오고 짙어졌던 하루의 피로가 날개를 달고 있다
앞서가는 갤갱이들이 바람에 춤을 춘다
가벼워지는 발걸음이 밤하늘을 날고 있다

갤갱이 꽃들은 밤을 기다리고 있다

그 나라 그곳에 가고 싶다

지구 끝
공룡 새 날개 펄럭이는 적도 인근
펄펄 끓는 바다 한 조각 떼어 하얀 도화지 위에 눕힌다

모스들 치런치런 땀 흘리는 숲
흔들어 식히는 바람 사이로 너울거리며 흘러 다니는
나비들 한 마리씩 끌어안아 입 맞추고 싶다

라벨의 젖은 음악 파고드는 카페
반쯤 눕혀진 흰 의자에
용암 흐르는 내 기억 하나 앉혀놓고 나긋나긋 곱씹으며
천천히 기어가는 거북에게 말 걸고 싶다
키보다 높은 고사리 헬리코니아 주홍빛 꽃줄기에 못이 박혔다
움직일 수 없이 고립된 내 갈라파고스

심장의 고동소리가 밖으로 튀어나온다
번들거리는 푸른 지도 한쪽 발을 들여놓은 채
문을 닫는다
선반에 엉거주춤 앉은 여행 가방이 비죽이 웃는다

놓쳐버린 시간에 대한 변명

나의 하루는
바들바들 떨며 징검다리를 건너가는 시곗바늘 확인부터
시작된다
기지개의 나른한 방종이 때로는
제한된 근력이 온몸을 쑤시는 이유를 제시하기도 하지만
고양이가 긴 하품으로 햇살 줄기들 잡았다 놓았다 하는
공연은
나를 무아의 깊은 동굴로 빠져들게 해
휴식의 의미도 공식도 잊고 비밀히 달리기만 하는 초침의
원성을 사는 빌미를 던져 주게 되지
때로는 고무줄에 대한 넉넉한 오해를 끌어내는 편견을
공론의 분열로 치닫게 해
시곗바늘들 하나로 모아지는 곡예로 막을 내리게 되기도
여유에 대한 인수분해의 오답의 결론은
언제나 벗어놓은 수북한 허물들로 인해
기억하는 모든 것들이 한꺼번에 몰려오는 불협화음을
가져오게 하여 거울 속에 낯선 얼굴 자글거리는 실금들이
늘어나게만 하지
그리하여
철없는 몽상가의 나직한 독백으로 전락한 나의 금빛 휴식은
또 한 번 놓쳐버린 시간에 대한 변명을 만들어내고

유월의 햇살은

빛, 화살처럼 쏟아져 내려와 찌르기 시작했어

움찔움찔 진한 색깔로 변해 가는 유리 벽 저쪽 나라

하얀 찔레 덤불 속 꽃뱀들 우글거리는
말은 없고 소리만 무성한 동네
계절을 파는 피리소리 울렸어

흔들리는 대숲에 굽이치는 바람의 언어 난무하여
때로는 산을 밀어내는 침묵으로 다가오기도

짙푸른 비명 와글거리는
톡
톡
톡

알을 품은 꿩이 둥지를 지키고 있는 마을은 고요해

몸을 나눈 모들이 잘박거리는 논에 줄지어 서서
키 재기로 몸을 불려갔지

논둑에 뿌려진 삐비꽃들 빛을 되받아 출렁거리는
손바닥 속 작은 나라
그리움은 감아버린 눈에만 남아

토방이 있는 초가집 뒷 뜰
장독대에서는 만삭의 몸에 마스크 풀어 던진 항아리들
깨끗한 햇빛 그득 주워 담아 푹푹 절이고 삭혀

온 동내 간장 익어가는 소문 날아다니다가
안개 같은 밤꽃 위에 앉아 자울거리고

이팝나무 몸에서는 쌀밥 냄새가 난다

올림픽대로 길가에 서서
지나가는 이마다 배웅하는 쌀밥나무에서는
하얀 쌀밥 냄새가 난다
까만 보리밥 속에서 퍼낸 쌀밥 같은
달디 단 밥 냄새
산골 마을 우리 집엔 지나가는 사람마다
밥을 먹으러 왔다
시골 면서기인 아버지는 시도 때도 없이 손님을 데리고 오셔서
대문 들어서면서부터 큰소리로 밥을 찾으셨다
하얀 광목 앞치마 수건 두른 엄마는
반찬 없어 속으로 중얼 중얼 몇 마디 하면서도
울타리 속에 숨어있는 애호박 뚝 따다가
장독대 줄줄이 선 옹기항아리 속에서 노랗게 익은 된장
푹 퍼 넣고 찌개를 끓여 손님상을 차렸다
손님 밥은 언제나 보리밥 속에 들어있는 쌀밥이었고
엄마가 싸주는 노란색 양은 벤또에도 언제나
보리밥 속에서 퍼낸 고소하고 쫄깃한 쌀밥이었다
티티한 보리밥 속 쌀밥은 군침 도는 투명한 은빛이었다

유월 햇빛 속에 파묻힌 이팝꽃 같은
손님들은 항상 음식 솜씨에 감탄했고
우리 집은 언제나 식당처럼 붐볐다

소나기

하늘 한구석에 검은 구름 드리웠다

번쩍 번쩍 큰기침 두어 번 우르릉 쿵

부글부글 와자작 지이익

찢어지는 고함 한번 지르고는 조각조각 깨지고 만다

후 두둑 뚝 뚝

드디어 총 공격이다

뿌연 연기 속에 대군의 화살들이 마른 땅에 내리 꽂힌다

주눅들은 나무들이 온몸을 부들부들 떤다

꽃들도 깊이 고개를 숙인다

다리 아래로 사나운 기세로 몰려가는 냇물은 뻘건 핏물이다

논두렁 풀숲 개구리들 일제히 아우성이다

와글와글 전쟁 반대

와글와글 전쟁 반대

순간의 침묵이 흐르고 있다

종전이다

맑게 씻긴 하늘 숨어있던 잠자리들이 몰려나와 여유 있게 날고

오선 줄에 앉은 제비들은 평화의 노래를 시작한다

태양이 초록빛 나뭇잎 사이로 청명한 빛줄기 내려놓는다

오, 우크라이나여 평화 있으라!

신발 꿈을 꾸었습니다

당신의 신발을 닦는 꿈을 꾸었습니다

때 묻은 흰 고무신을 물을 묻혀가며 싹싹 문질러 닦았습니다
행여 더럽혀진 신발이 당신의 모습일까
하얀 신발을 문지르고 또 문질렀습니다

까맣던 신발은 목욕한 얼굴처럼 보송거리고
풀 먹여 널어놓은 이불 홑청처럼 빛이 났지요
깨끗한 신발 나란히 앉은 두 짝을
당신의 벗은 발에 신겨드렸습니다

크지도 작지도 않고 꼭 맞는 하얀 고무신
당신은 빙긋
보일 듯 말 듯한 미소 한 모금 삼키더니
대나무 사립문 삐끗이 열고 휘적휘적 떠나갔습니다

까만 그림자를 끌고 뒤를 쫓아 갔지만
당신은 돌담 골목길 지나
오래된 정자나무 그늘 뒤로 사라져갔습니다

그 후로 나는 당신을 다시 만나지 못했습니다

영주 부석사 그리고 선비

소백산 줄기 휘감고 앉은 영주 고을
선비들의 기상이 도도하게 펼쳐있다

조용하나 저력 있어 품격 유지 변함없는 산
고고한 존심 하나 중심에 세우고서
가슴속 깊은 강 품고 앉아
바위처럼 무거운 심중 속으로 감춰둔다

부석사 가파른 계단에서 뒤돌아 본 사바세계
검푸른 바다 출렁이는 운무들
짊어진 짐 부어버린 후련함이 날개를 편다

시선 끝에 내쉬는 심호흡
가슴속 품은 마음 하늘에 토해내며
돌 거북 뿜어내는 맑은 물
목 축이는 시심 슬며시 들쳐본다

날렵한 붓꼬리에 묻혀있는 시 폭은 예리해
휘어 치는 시의 세계
하 깊어 들어서지 못하네

다가가도 가까워지지 않는 거리 두고
그리움 꺾어 물보라로 훼를 치는 마음이여

유월 오는 소리는 하얗다

그가 유월 앞에 서면
그의 귓가에는 시간 달아나는 소리 매몰차게 들려왔다

떠나간 시간들은 아직도
와들거리는 떨림으로 다가와 그를 밟고 줄지어 서 있다

그에게 기다림은 형벌이었고 인내는 독이었다
푸석거리는 마른풀들의
하늘 끝 향해가는 선연한 행렬
아니 그로 인해 그를 아프게 하고 있는 건 아니었겠다
혹은 그가 아픈 게 아니다 유월이 아팠을 수도

하얗게 가까워오는 유월
총소리 함성소리 들린다
아니다 어쩌면
핏빛 장미의 오월이 떠나기 때문에
유월은 하얗게 다가오는 아픔일지도 모른다

다가오는 유월 어느 낯선 곳에서

그는 오늘도 이팝꽃 희디흰 꽃잎 뒤집어쓰고 앉아
흘러간 노래깨나 부르고 있을 것이다

옛날 옛적에

여름밤
샘물 한 바가지 퍼 올려 윗몸 벗은 언니의 등에 끼얹으면
달빛은 깔깔대는 비명으로 서늘하게 퍼져 불을 밝혔지

길 건너 옥수수 밭
은밀하게 날아오는 휘파람 소리에
화들짝 놀라는 언니의 얼굴은 봉숭아 꽃처럼
화사하게 피어오르고

멍석 핀 마당에 모깃불 휘젓는 할머니의 이야기
끝이 없는 여름밤
다래 터져 소캐꽃 피는 소리 여울지는 목화밭에는
쏟아지는 은하수 강물 속에 직녀랑 견우랑 함께 내려와
풀벌레 소리와 어울려 춤을 추는 밤은 깊어가고

봉창 너머로 바라보는 단발머리 소녀는
백로지 네모 칸 속에 침을 묻혀가며
빽빽하게 별을 주워 담고 있었단다

늦가을 일기

훤칠한 메타세쿼이아
아스라한 가지 끝 흘러내리는 빛줄기들 사이로
군청색 스카프 한 자락 한들거리고 있다

푸른 물방울 뚝뚝 떨어질 것 같아 손을 펼치다가
옷장에 갇혀있는 빨간색 코트를 생각해냈다
손바닥 위로 단풍잎 하나가 떨어졌기 때문이다

노오란 튤립나무 잎새 벌레 지나간 구멍 사이로
건너다본 숲에서 반짝이는 청설모 눈빛과 마주쳤다
나보다 더 놀란 듯 까만 꼬리 세우고
상수리나무 마른 잎 속으로 날아가 숨는다
와사사 웃음 터진 잎새들이 바람 속으로 흩어져간다

군살 터진 흉터 안고 비탈에 선 자작나무 꺼칠한 모습을 보면
북유럽 멋진 찻집이 떠오르지만 나는
그 찻집을 가본 적이 없다

텀블러에서 조심스럽게 흘러나오는 종이컵 커피
잘 익은 가을향이 거기 적당하게 녹아있다
황혼 속으로 떠나는 가을 여행을 계획하였다

우리들의 울타리엔 경계가 없다

저기 푸른 숲속 한쪽에 선한 울타리 하나 그어놓고
그 안에 깨끗한 너의 꿈 한 자락 초대하고 싶다

젊은 어부이고 싶기도 하고
어느 땐 별빛 흩어져 내리는 풀숲에
흩어진 양들의 목동이고 싶기도 하던 너의
아늑한 둥지 하나 만들어놓고

왈츠가 흐르는 창가에 앉아 꽃들의 눈인사 맞으며
너를 위한 탁자 위
마알간 유리컵의 향기로 뜨는 풀잎이고 싶어

간혹 몰려오는 문명의 실오라기 속에 때 묻은 가닥들은
흐르는 계곡의 맑은 물로 헹구어 말려야지

날마다 신선한 양식으로 혼을 채우며
마음이 가난한 이들을 위해 그늘을 밝혀두고
만나를 준비해야지

꽃들의 웃음소리 드나드는 대문은 활짝 열어두어
눈이 없어 바늘귀 찾지 못한 낙타들
찾아오기 쉽도록 해야겠지

꿈을 파는 매장도 열어
추운 겨울 시린 가슴 안고 떠는 양들을 위한 옷도 지어야지

그리하여
우리들의 내일은 태초 속 푸른 햇살의 자유로
탐지게 영글어 가리니

경계가 없는 그 울타리 안으로 모여드는 바람은
자유로운 영혼이리니

망초는 추억을 찾아 간다

풀밭에 앉아 햇살 한 묶음 끌어안고
면사포 자락 길게 늘여 날리는 너를 본다
기억 속에 절여둔 이야기 살짝 꺼내어 본 돋보기
흰 도화지 위 하얀 물감 범벅이 된 채
음표들 손잡고 춤을 추는 구름 그 아래로
하얀 바다가 아른거린다
바람 한 아름 날아와 촉촉하게 뒹굴고 있는
너의 체취
얼룩진 일기장 속에 젖은 채 잠들어 있을
추억은 항상
반 토막 난 하현달만큼이나 사정없이 달아나 버리지
풀어도 풀어도 끝이 없는 실꾸리 그 저쪽 너머엔
타다만 심장 한 조각쯤이나 남아 있을까
쥐구멍만 한 시의 살림살이에 너를 챙겨 넣는 내 형편은
항상 궁색하지만
오늘도 나는
별들 쏟아져 흔들리는 하얀 바다 그 고소한 향기에 코를 박은 채
떠나 버린 그 날을 찾아 꿈속을 더듬는다

봄을 기다리며

선전포고 없이 날아온 전쟁 소식
떠나는 겨울을 불러 세웠다
얼어붙은 하루

네모난 친구는 온종일 폭탄 터지는 소리만 토하여
한겨울이다
까맣게 죽이고 나서야 편해지는 방 안
창문 너머 목련나무 가지 곁으로
다가오지 못하는 봄이 서성거린다

목련은 언제쯤이나 필 것인가

바다 건너 날아오는 꽃소식 빠른 비행으로
겨울 캔버스에 파스텔 그림 채울 수 있다는 것
귀 기울이지도 눈여겨보지도 않던 것들인데
얼마나 기다리면
먹물 묻힌 가지 끝마다 매달린 선비의 붓에
하얀 두루마기 입은 분 찾아와
수려한 몸매의 목련을 그려 줄 수 있을지

우편함 비우는 오후 빈 거리에
초침 걸어가는 소리만 초조하게 지나가고 있다

한강은 거꾸로 흐르고 있다

반포대교 강가 억새 그늘에 앉아 보신 적 있나요
강 건너 빌딩 마루에 앉은 해가
번쩍거리는 실을 풀어 사선으로 건너오는 그 길 말이죠
은빛 길은 넓어 눈을 감아야만 보여요
바람을 마신 물고기 뿜어내는 오백원짜리 동글거리는
거기
저벅거리며 다가오는 발소리에 샛노랗게 피어오른
개똥참외들
궁전 같은 원두막에서 세도를 누렸던 기억으로
데모를 했다고
베드로는 그날
고기 비늘 떨어져 내리는 소리로 비명을 질렀다던가?
그 소리 도배한 신문을 덮고
폭포수 같은 해갈을 맛보기도 했다고
그날은 하늘길 건너던 구름도
강물 속으로 곤두박질치는 소리 진동했다더라고

빛살은 걸어오는 발자국을 지워버리고
사글사글 웃으며 입을 다물고 있어요
누가 강물이 흐른다고 했나요?
강물은 거슬러 올라가고 있어요
정말이에요

현수막 걸어놓은 사람들

동작대교 건너 사당동 삼거리에 노을이 걸리면
활활 타는 현수막들은 아우성이다
전봇대와 전봇대 사이 옹색한 게시판을 비집고 서서
발돋음으로 안간힘 쓰는 신음소리 길을 막는다
내 딸 송혜희를 찾아주세요
일자리 구합니다
만병통치 우리병원
오백만 원에 아파트 한 채
온종일 목매달고 소리치는 깃발들에
이따금씩 지나가는 버스 창으로 번뜩이는 눈빛들이 넘보지만
헐렁한 치수에 외면하며 지나친다
기다림에 진을 빼는 하루가 기어와 의자에 걸터앉을 즈음
슬그머니 어둠 내린 방배동 뒷골목
지나가는 불빛마다 머리 숙이는 작은 식당에
하루를 날린 사람들은 모여
이글거리는 불판 위에 허탕 친 하루를 구워 질겅질겅 씹고 있다
초조한 한숨 한 모금도 뿌옇게 구워져 피워 오르고 있다
오락가락 장맛비에 바람이라도 들이치는 날이면
깃발들은 더욱 치열한 비명을 질러댈 것이다

눈치 없이 확진자 늘어가는 소리만 톡톡거리는

좁아터진 게시판은 오그라들어

더욱 심하게 비척거리고 있을 것이다

가을빛 회화

황혼 녘 숲은 가을빛 자욱하다
서늘하니 번져가는 물감들
붓을 든 바람이 온몸 휘둘러 선명한 색깔들 덧칠한다

이별 예감하는 미치도록 화려한 그림 주인은 누구일까
시간의 잔해 속에 기억하는 핏빛 아픔 찍어 바르는 희열로
정지된 기억마다 진해지는 빛깔 쏟아놓고
푸른 기억들 지워가는 몸부림이다

때로는 아쉬운 연모 한 점 찍어놓고
바람길 따라 훌훌 떠나야 하는 흐느낌이다
어쩌면 잊어야 하는 아픔 사이로
뚝뚝 떨어지는 몸부림일 수도

보랏빛 애절한 풀꽃 송이 점점이 풀어놓은
저 섬세한 안타까움을 어찌할 것인가

돌돌거리는 계곡 하늘 깊게 흐르는 물가
바위 위에 앉은 나는
온몸에 가을 물감 묻힌 채 일어설 줄 모르고 있다

빛을 찍다

숲속이 난리가 났다

저마다의 깃발을 들고나와 펄럭이며
함성을 지르는 나무들
자유 민주 좌로 우로
현란한 색깔들의 구호가 흔들리고
시퍼렇게 멍든 바위 계곡 아래로는
줄줄이 싯뻘건 피가 흘러내리고 있다

더러는 발가벗겨진 나목이 침묵으로 달래기도 하지만
밀려오는 찬바람 속에 쏟아지는
색채들의 아우성은 끝이 없어
찢어지는 까마귀 비명이 메아리로 부딪쳐 자꾸만 부서진다

지구는 단풍들의 전쟁 중
짤칵 짤칵
피사체 조준하는 방아쇠가 당겨질 때마다
떨어져 내리는 가을의 시체로 수북하게 쌓이고 있다

금계국

아이들이 둘러선 난로 속에는
빨갛게 조개탄이 꽃을 피우고 있었다

이글거리는 불꽃을 뒤척이며 까만 추위 한 덩이 집어넣으면
활 활 타는 불덩이들은 눈으로 기어들어와
화려한 꽃을 피웠다

둘러앉은 아이들의 눈 속에도 반짝이며 꽃불이 켜졌다.

어떤 아이가 유리점에서 자르고 남은
긴 유리 조각으로 불꽃을 뒤적였다

유리 끝이 도르르 말리며 신비한 모습이 나타났다
새도 되었다가 강아지도 되었다가 끝내는
서쪽 하늘 번지는 노을 속에 온몸 황홀하게 태우며
서서히 어둠 속으로 잦아들던 금계국으로 변하였다

주홍 불빛 꽃송이를 꺼내 들고 흔들면
와아 하는 탄성 속에 바람에 흔들거리는 금계국들이
이글거리며 붉게 타오르고
우리들의 볼도 어느새 발그레한 금계국이 피어나고 있었다

창세기 숲에는 시가 산다

빛이 열리는 세계로 길을 떠난다 흑암의 계절 공허와 혼돈 속
천지가 말씀으로 채워지는 순간이 포착된다 궁창엔 별들이 운
행하고 이끼 낀 숲 바람길 열리는 곳으로 울타리 모르는 동물
들은 신호등 없이 달릴 수 있어 자유롭다 물론 과태료도 없었
을 것이다 농사짓지 않아도 햇살 속에 거봉 포도는 검게 익어
가고 빨간 열매 열린 나무 사이로 달빛 같은 하와는 해를 뒤집
어쓴 아담의 손을 잡고 새소리 날아다니는 초원을 뛰어 다닌
다 나무들 푸른 귀를 세우고 하이든의 오라토리오를 연주하고
있는 풀숲에 꽃비암 온몸 흔들며 지나간 후 어디선가 들려오
는 천둥소리 아담아 아담아 네가 어디 있느냐 어디 있느냐 지
천을 울리는 신의 부르심 나무 그늘에 숨은 아담은 들릴 듯 말
듯 내가 벗었으므로 부끄러워 나갈 수 없나이다 부끄럽고 부
끄러워서 그래 네가 벗어 부끄러움을 누가 알려 주었느냐 당
신의 하와는 내가 싫어함에도 불구하고 붉은 열매 맛나게 먹
게 하였나이다 철부지 아담의 투정으로 하와는 나뭇잎으로 부
끄러움을 가릴 옷 한 벌 몰래몰래 지어 입었고 아담도 등에 가
득 무거운 자신의 생을 짊어지고 낙원을 떠나야 했다고 그리
하여 하와의 손으로 만든 풀옷이 플라워 디자인의 시초가 되
었다고 창세기 숲에 아담은 떠나고 시만 산다고

3부   봄을 찍다

봄을 찍다

1.

산수유 까칠한 기침 소리에 잠 깬 봄
섬진강 물길 따라 달리고 있다
코로나 온갖 협박 하든 말든
눈부신 웃음으로 길을 밝힌
벚꽃들

2.

춘분 지나 만월 후 첫 번 주일 새벽
달빛 그림자에 어른어른 흰 옷자락
누구인가 열어보는 창문 밖에
와락 안겨들었다
백목련

3.

밤새도록 흐느끼는 소쩍새
토해놓은 핏빛 각시 복숭아꽃
담장 넘어 들녘 자운영 논엔
벌들 질러대는 노랫소리 진동하던
어린 날

개나리

금빛 아침 몰고 와 줄줄이 선
댄싱 요정들
사뿐히 발끝 들어 비발디를 춤춘다
날으는 음표 위에
봄을 칠하는 노랑나비
빛살로 묶여놓은 울타리 위에서
황홀하게 놀고 있다

앵두

푸른 잎새 속에
몰래 몰래 키우던 사랑
오월
눈 부신 햇살 밖으로
비어져 나오다
초경빛 보석

청매실

보송보송 분칠한 얼굴
쑥스러워
옷자락 안으로 숨고만 싶은
수줍음

어쩌다 마주친
산새의 눈길에도
화들짝 놀래는
봉긋한 가슴

이슬방울

잠 깬 풀잎들의 웃음소리
깨어질까 봐
눈으로 가만히 주워 담는다

초가을

반달 안아 볼록한
부끄러움
수줍어 살며시 기어 나온
꽃술
달개비 푸른 웃음으로
활짝 웃다

친구

저
진분홍 맨드라미 좀 봐
청보랏빛 수국 사이에 끼어
진초록 라넌과 함께
잘도 어우러져 있네

달

어둠을 열고
불쑥 찾아온 해바라기
동그란 얼굴 벙긋거리며
내게
시를 쓰라 하네

첫눈

우와!
누나야
간밤에 셰프 천사 다녀갔나 봐
온 세상 나무들 하얀 크림 뒤집어쓰고
축제 준비했네

구부정한 소나무
동그란 케익 머리에 이고 웃으며 서 있고
푸른 울타리는 긴 케익 들고서 줄지어 서 있네

바윗돌 곁에 빨간 남천 열매
설탕 솔솔 뿌려져 맛있게 반짝거려

빨리 나와 누나
새하얀 길 위엔 예쁜 발자국
뽀드득 뽀드득 노래하며 따라오고
놀이터 숨바꼭질 집들도 쿠키로 변했어

주렁주렁 사탕 나무 아래 참새 떼들 몰려가고
고양이는 살금살금 놀래주려 다가가네

누나야 빨리 나와

헨젤과 그레텔이 우릴 초대했어

4부   아침 묵상

아침 묵상

님의 요람 위에 누운 철부지
흔들어 재워 주신 손길에서 눈뜨면
빛 뿌려진 푸른 아침 마당에 가득하다

아장거리며 들어가는
창세기 숲속
청태 낀 돌 틈에 담긴 우물이 서늘하게 반긴다

하늘 한 조각 들어앉은 샘 속에
부스스한 낯선 얼굴이 올려다보고 있다

두레박 내려갈 때마다 부서지는 얼굴
요동치며 깨지고 출렁이며 다시 핀다

헉헉거리며 퍼 올리는 어설픈 몸짓에
함께 들어 올려주시는 님

에스겔 마당 차오르던 맑은 물 발목 채우고
무릎 허리 찌든 심장까지도 후련하게 씻어 내린다

비로소 빈 항아리 채워지는 양식 전율에 휩싸이는
아 박하사탕보다 시원한 말씀의 맛

샘 속에 얼굴이 환하게 웃는다

시로써 아침을

아침이 문을 활짝 열었다
느긋하게 남아있던 어둠이 재빨리 숨는다
빛 물결 요동치며
끌어안고 부비적이던 어둠자락 구석구석 털어낸다
쏟아지는 물살 튀기며
남겨진 어제도 박박 닦아낸다
창밖 살구나무 위에서 수근거리던 비둘기 부부
혼비백산 사라진다
마알간 유리잔에 솔잎 한 웅큼 담긴
하늘 한 잔 주욱 마신다
향긋한 바늘
솔향은 언제나 후련하다
온몸에 남은 어제를 깨끗하게 지우고
오늘을 고루고루 두드리며 바른다
꽃빛 언어를 그리며 함께 나눌 웃음도

비상을 꿈꾸는 거울 속에서 하루를 고르게 빗질 하고 있다

거룩을 입으라

어둠을 뚫고 빛으로
빛으로
호렙산 가시떨기 숲
활활 타는 불더미 속 두 손을 들고
허물을 벗으려 꿈틀거리는 소리 하늘을 뚫는다

빈 들녘 홀로 헤매다 긁히고 할퀸 상처
짊어지고 온 짐은 무거워

주여어
주우여어
쭈 우 여 어

스테인드글라스 아름다운 생의 퍼즐
이리 맞추고 저리 맞추는 작업은 서툴고 어설퍼
올려야 할 말 못 찾아 중언부언 부끄럽기만 해도

고개 끄덕이는 이 누구신가
그윽한 미소로 가만히 다가와 넓은 가슴 열어주시는
아 아 저기 찬란한 아침을 몰고 오는

거룩한 빛이여

나아드 향유의 노래
−신부의 노래

진리이시며 진실이신 주님
주님을 섬기기 위하여 나는 옥합을 깨어
나아드의 향기로운 기름을 당신의 발 위에 쏟아붓고
그 앞에 엎드리나이다

나의 검은 머리칼은 당신을 위하여 길게 풀어
향유를 적시며
하늘과 땅을 받히고 선 당신의 발을 닦기 위하여
당신 앞에 무릎을 꿇었나이다

당신은
내 믿음이고 능력이고 의이며
나의 가진 모든 것의 주인이시나이다

당신을 내 안에 모시고 살기 위하여 나는
정결한 흰옷으로 단장을 하고 당신을 초청하며
그 앞에 머리를 숙이옵고
당신 앞에 나를 내려놓아 진정으로 섬기며
고백하옵나이다

귀하신 당신과 함께 하기 위해 나를 버리옵나니
주님이시여 당신의 넓은 품에 안겨
영원한 영적 부요함과 풍성함을 누리기 위해
기쁨으로 엎드리오니

나의 아름다우신 주인 참사랑이신 그리스도여
이제 다가와 나를 받으소서
나를 받으소서

*광림교회 김정석 목사님 설교 중에서

송구영신 예배

긴장한 초침이 눈금을 넘어선다
하루가 지났다
아니다 한 해가 지났다
어제와 오늘 작년과 올
31일과 1월 1일
날짜도 바뀌고 시간도 바뀌고 연도도 바뀌는 시간
어제의 밤에서 오늘의 밤으로 건너왔다
영겁의 시간에 줄을 서며
변하지 않고 변한 건 사방으로 에워싸고 있는 어둠뿐이다
때 묻은 발자국 하나씩 지우며 받쳐 든 촛불 위로
변해볼 생각을 하나씩 묶어 차근차근 올려놓는다
매일 물 마시기 매일 성경 읽기 매일 만보 걷기
매일 이웃 위해 기도하기
그리고 용서하기 사랑하기
위태롭게 세워지는 줄 자의 설계도
며칠 가지 못해 허물어질 계획이라고 지레짐작 밀어내며
종이컵 흔들리는 불빛 하나 담아 쥐고
간절하게 소리 지른다

다윗의 믹담 기도

붉은 천 드리운 성전 앞에서 무릎을 꿇고

내 안에 모신 여호와께 부르짖나이다

주님은 나의 오른쪽에 계시며

나를 스올에 버리시지도 않으시고

멸망에 버리시지도 않을 것임을 믿고 고백 하나이다

주께서 내게 재어준 땅은 아름다웠고

영도 마음도 즐거웠나이다

기업 또한 아름다워 입술로 노래하며 감사하고

밤마다 훈계로 말씀 주시는 주님을 송축하며

온몸을 펴서 간절한 기도 올리옵니다

주밖에는 복이 없음을 믿어 마음에 주신 산업을 지켜주심을 믿고

주님의 말씀을 마음의 철판에 담금질로 새기나이다

주님 안에 있을 때만이 진정한 기쁨을

당신의 존재만이 진정한 평화가

당신의 허락이 있으므로 진정한 행복을 누릴 수 있음을 아옵나니

주여 오늘도 불로써 믹담 기도 새기며 기도하옵나니

부디 우리를 기억하소서

기억해 주옵소서

빛 안에 서서
—성경

까만 가죽 표지 넘기면 어둠 덮인 시야는
빛이 있으라
하늘 열리는 소리로 다가오는 당신의 세계입니다

거대하게 펼쳐지는 바다 그 안에
당신은
온갖 상처들 끌어안고 등대 세워 밤새 지키시며
폭풍도 잠잠하라 꾸짖으시고

때로는 물 위를 저벅거리며 다가오시어
손 내밀며
의심하지 말라 하십니다

떨리는 손끝으로 장을 넘길 때마다
철부지 걸어온 길 부끄러워
부끄러워

비늘 덮여진 눈 진흙 씻어내어
빛의 길 열어주시는 궁휼로 흥건히 적셔오며
새벽 다가오는 기척에
밤이 하얗게 깨어나고 있습니다

사랑나무 한 그루 나눠가져요

친구여
당신의 마음에 사랑나무 한 그루 심으면 어떨까요
하얀 촛불 밝혀 든 두 손
떨리는 가슴에 비집고 들어 온 사랑 나무 새순
우리 한 포기씩 나눠가져요
까맣게 영근 하늘 씨앗 내려앉을 자리 없어 허공 헤매다가
높이 쌓아둔 담장 옹색한 돌 틈에 비집고 앉아
어쩌다 눈에 띈 남루한 생명
당신의 금 그릇에 나눠 담아 키우면 어떨까요
혹시 심한 몸살로 시달릴 때면
성전 뜨락 샘솟는 맑은 물 한 바가지 퍼 담아 다독이고
거센 바람 불어와 휘어질 땐 그대 든든한 기둥이 되어주세요
듬직하게 자라가는 나무 무성해지면
그늘에 앉아 고소한 추억 나누고
살 오른 열매 익어가면 두 손 붙잡고 감사의 찬송 올려요
오오 친구여 눈꽃 날리는 겨울이 오면
따끈하게 우려낸 콩깍지 차 한 잔 나누며
난로에 장작불 피워두고 창밖으로 소복하게 쌓인 눈 바라보며
평안과 감사의 기도 함께 올려요

새벽기도

새벽을 열어 안개 자욱한 길을 달려간다
어둠 비척거리는 피로 속에
무심했던 통증들이 두런거리며 따라온다

불빛 가로지르는 교회 마당
정선된 말씀들은 어김없이 튀어나와 매를 들고 막아선다
가슴 한 켠에 찔리는 불충
천천히 또는 또렷하게 해체 되어지는 상념들
빛의 저울 속에 가득 담겨 흔들리는 추

마음 깊숙한 곳 버리지 못한 짐들이 멈칫거리는 때문일 것이다
침묵의 방에 온몸 밀어 넣어 고개 숙이면
누추한 내 혼은 부끄러운 신음을 토해낸다

흘러내리는 오르간 음표
하늘길 열어 오르는 환희가 지붕을 열고 별을 맞을 즈음
뿌옇게 다가오는 햇무리 속에 눈 틔운 씨앗이 천천히 다가온다

그리하여 나는 비로소

종탑 끝 스쳐오는 바람 속에서

흰 이를 드러내고 환하게 웃는 부바르디아*를 만난다

*부바르디아: 웨딩에 쓰이는 향기로운 흰색 꽃

호렙산 기도회

새벽을 깨워 달려온 호렙산 기슭
부끄러운 영혼의 짐 풀어놓고 주님께 가만히 아뢰인다
아바 아버지여
아바 아버지여
숲속에 성령의 불꽃은 타오르고 주님은 말씀하신다
사랑하는 이여 신을 벗으라
벗어 버리라 고뇌의 신을
벗지 못해 끌어안고 온 무거운 짐 벗어버리라
그 말씀 힘입어 고난도 욕망도 아픔도
활활 타오르는 불 속에 던져버리면
후련하고 가벼운 등은 날개가 돋아난다
사방에서는 소나기처럼 폭포처럼 쏟아져 내리는 환호성
꿇은 무릎 위로 저 마다의 그릇에
감사의 열매 기쁨의 열매 주워 담는 소리 넘친다
은혜로워라 비밀한 광경이여
알 수 없어라 신비로운 은총의 세계
주님 베풀어 주신 사십일의 축복의 시간
기쁨과 감사의 잔치로 이어지는 감격의 순간이여

첫눈 내린 아침

아린 바람 사이로 콜록거리던 미세먼지들이
흔적 없이 사라진 새하얀 사막이다

깨끗이 닦은 하늘 끝 고요한 그림자 밑에서
에베소 가는 사도 바울
두 개의 산봉우리 싣고 가는 낙타가 문을 열고 있다

층층이 쌓아 올린 향나무 탑 사이 빛의 길로
콧등이 빨간 새가 바울 편지로 보내온
깨끗한 공기 한 줌 전해준다

너희가 전에는 어두움이더니 이제는 주안에서 빛이라
빛의 자녀들처럼 행하라

빛줄기 따라 꽃향기 온 세상 덮는 눈부신 시작이다

손가락 사이로 비어져 나오는
빛들 부딪치는 은총의 소리

맑은 카이로스로 아침이 바쁘게 걸어오고 있다

시계가 멎은 교회

그 동네 초입에는 돌로 지은 교회가 앉아
날마다 종소리로 새벽을 열어 시간을 지키고 있다
고목들 그림자 밟고 마당을 지나 닳아진 손잡이 문을 열면
나무로 만든 의자에서는 앉을 때마다 삐꺽삐꺽 노 젓는 소리
흑갈색 십자가 단상 아래는 언제나 빛이 하얗게
까만 표지의 '성경 전서'를 비취고 있었다

크로버 시계 손목에 찬 아이들은 초롱거리는 눈빛으로
하얀 머리 전도사님 주변에 둥그렇게 모여앉아
용감한 다윗이랑 솔로몬의 이야기에 신이 났고
까만 치마에 흰 저고리 입은 선생님은 발로 누르는
풍금에 고개를 끄덕거리며 찬송가를 불러줬다

주일학교 아이들이 돌을 주워 쌓은 예배당이 무너지던
그날의 눈물의 통곡 기억 아직도 생생하고
선물 가득 안겨주던 성탄절의 환성 지금도 들리는 듯한데
낯선 이방객을 맞는 노인은 돋보기 너머로
떠나간 양 떼들의 이름을 기억해 내고 반색을 한다

성전을 장식하며

가을 아침
님의 전에
보듬어온 정결한 마음 한 다발 올립니다

갈포지 속에 빼곡히 안겨있던
화살나무 고운 잎 작은 얼굴 국화들이
와르르 환호하며 십자가를 바라봅니다

한 가지
한 가지
비로소 털어놓은
속내

펑펑 쏟아놓는 색깔들의 이야기를
사그락 거리는 고요로 귀 기울이시는
님

마가목 빨갛게 맺힌 열매들이
거북손 등으로
뚝뚝 떨어집니다

그대 빛을 꽂는 복된 손길이여

그대 가슴엔 색색의 별들로 가득 차 있어
꽃을 꽂을 때마다 찰랑이는 빛이 쏟아져 흐르네

노랑 빨강 분홍 그리고 보랏빛
푸른 잎사귀 위에 피워 올린 땅의 별들
한 아름 안아 꿇어 엎드린 무릎
절제의 겸손으로 공간을 채워가지

때로는 잘라내는 아픔으로
때로는 시원하게 비워두는 여백으로
자르고 다듬어
깊고 그윽하고 화려한 아름다움 건져내지

죽어야만 사는
버려야만 얻을 수 있는 철칙을 확인해가며
맑은 피 뚝뚝 떨어지는 물속 가시 발판 위
혼과 영의 심지 지그시 눌러 담아

영원으로 거듭나는 꽃을 피우는
그대 빛을 꽂는
귀하디 귀한 손길이여

헌화의 기도

하늘 위에서 꽃들의 환호 들으시는 주여
정결한 마음 받으시는 하나님
거룩하신 주님 전에
정성으로 꽃을 드리옵니다
맑은 물속 쇠못에 한 송이 한 송이 꽂을 때마다
보혈 튀어 오르는 꽃들의 아픔 보게 하시고
죽음으로 거듭나는 영광을 깨닫게 하소서
메마른 심령의 시든 꽃을 남김없이 버리게 하소서
미움의 잎사귀
갈등으로 얽힌 가지들은
성령의 가위로 아낌없이 잘라내게 하소서
욕심으로 뭉쳐있는 마음에는 버리는 홀가분함으로
자유로운 여백 갖게 하소서
깨끗한 가지에 소담한 꽃과 건강한 송이만을 고르게 하소서
최상의 아름다움을 거룩한 마음으로 올려
영광의 죽음으로 다시 사신 주님을 영화롭게 하게 하소서
자비로우신 주님께 올려지는
피조물들의 최고의 예배이게 하소서
그 아픔 안에서 새 영의 소리 듣게 하소서
하늘 향해 오르는 향기로 성단 가득한
주의 영광 보게 하소서

가을을 위한 기도

저토록 깨끗하게 열리는 푸른 새벽이
우리 영혼의 노래 되어
평안의 아침을 누리게 하소서

맑은 시내 흐르는 물의 언어로
우리 마음 깊은 곳
어제가 남긴 때 묻은 온몸을 깨끗이 씻어내어
새롭게 솟아나는 생명의 진한 힘을 느끼게 하소서

우리를 숲의 바람과 새소리 들리는 뜰 앞으로 불러주시어
빛과 바람과 공기 속에
변치 않는 주의 나라 법칙으로 살아가는
풀꽃들의 지순한 화목을 배우게 하시며
작은 미소에도 감사로 답하게 하소서

천둥과 번개 가뭄과 장마 험난한 계절의 변화 속에서도
굳건한 믿음으로 이제는
알찬 열매와 과일을 맺은 곡식들에게서도
익을수록 고개 숙이는 겸손과 인내를 배우게 하소서
그리하여
위대한 창조주 하나님을 찬양하게 하소서

부활, 생명의 기쁨 축제

부활은 핑크빛 하늘 끝에서 꽃눈 날리며 찾아온다
꽃구름 밀려와 덮은 산 고운 빛 덧칠하며 푸르게 번져간다
마른 가지 내밀한 물줄기 생명의 터널로 흘러내려
죽었던 전신이 다시 돌아온 호흡의 역사 이루어진다
보라 촉촉하게 내리는 푸른 물살
어둠을 밝히는 불빛으로 퍼져
까맣게 드러났던 에스겔의 골짜기에
님의 생령 온기 받아 꿈틀거리는 경이로움을
산과 들이 채색된 빛의 고운 옷 입고
님을 향한 연가를 부른다
부활은 생명의 축제 기쁨의 근원
어두운 그늘이 흰 그림자로 비쳐 또 한 번 생을 부여받은
환희다
막힌 무덤 열어 어둠을 깨뜨리는 승리의 개선가이다
감사하라 생명이여
기뻐하라 돌아온 생을
찬양하라 님의 영광을
그의 권세로 다시 사는 우리
생명의 역사를 이루게 하신 그분을

의로운 죽음 앞에 무릎을 꿇고
―용인 기독교 순교자 기념관

거룩한 땅에 머리 조아리고 눈을 감는다
빠알간 아픔이 눈앞에 줄줄 흘러내린다
고통의 비명 절규가 소나무 숲 사이 바늘 빛살에 박혀
가슴을 찌른다

님들은
진리를 위하여 정의를 위하여 귀한 모든 것들을 버리셨음이여
평생을 함께 하자던 사랑하는 아내와
눈에 넣어도 아프지 않은 아들과 세 살배기 딸아이도 있었으리

무자비한 일제의 위협 마주한 총과 칼 앞에
버릴 수 없는 모든 것들을 버리고 떠나야만 했던
죽음의 길이었으리

보배로워라 눈보다 깨끗한 믿음
솔잎보다 푸른 신앙의 정절이여

님들의 거룩한 피가 이 나라를 지켰으리
꺼져가는 불씨 일으켜 세우고
죽어가는 믿음의 뿌리 순교로서 보이신 이들이여

자신을 태워 빛을 나눠준 촛불
거룩한 심지들이 불빛으로 이 땅을 지키셨으니
평화의 주인이신 주님께선 피로써 산 이 나라 지켜주시리

휘몰아친 비바람 맞받아 온몸 던져 보여주신 신앙
그 위대하고 거룩한 모습 앞에 고개 숙이오니

님들이시여
이제 하나님의 평안의 동산에서 영생으로 쉬소서
이별 없고 아픔 없는 주의 나라에서 안식을 누리소서
평안으로 영원 삶을 누리소서

5부 꽃이 된 당신에게

자아, 오늘은 가을에 미쳐보자
-가을을 담다 전시회에 부쳐

가을 초입에 앉아 밀려오는 단풍을 꽂는다
반쯤 색깔 입힌 오리나무 숲
우리들의 세월들이 감칠맛으로 익어가고 있다
그래 오늘은 우리 함께
저 가을 속으로 들어가 거기서 놀아보자
지천에 번져오는 화염
그 속에 온몸 던져
우리 열정 다시 한번 마음껏 불태워 보자
그대는 나와 나는 그대와 뜨거운 영과 영 그리고
혼과 혼 함께 지낸 세월 하나로 묶어
저 미치도록 황홀한 불의 축제에 활활 태워보자
상강 지나 하얀 서리 덮여 초조함 밀려와도
우리 뒤돌아보지 말자
영원으로 가슴에 담을 그릇 하나 비워두고
거기 하얗게 담겨 잠재운 바람의 그림자 돌아보며
감사의 손 모으리
자아 오늘은 쿵쿵거리며 들려오는 가을의 랩소디
가슴 흔드는 불의 소리에 온몸 던져
거기 실컷 미쳐보자

꽃이 된 당신에게
−한국예총 문화명인, 화예명인 선정에 부쳐

이른 아침 맑게 열리는 하늘

눈을 감아도 보이는 해에게 즐겁게 인사하고

바쁘게 달려온 꽃장

통마다 그득한 꽃들 고르고 골라 품에 안으면

갈포지 속에든 얼굴들은 일제히

당신의 손길 안에서 계절을 알리는 별이 되네

한 아름 꽃을 안고 달려오는 즐거움

꽃이 있어 행복한 당신의 모습 싱그러워

꽃으로 세상을 아름답게 향기로 이 땅 평화롭게

꽃불 켜 어둠 밝히기를 기도한 약속 잊지 않으며

꽃이 된 온몸 혼을 열어 발길 닿는 곳마다 손길 닿는 곳마다

평화를 피운 그대들

대한민국 예술 총연합회 화훼분과 명인

존귀한 이름으로 관을 씌워지니

꽃으로 꽃을 피운 예 혼이여 보람되어라

긴 세월 꽃을 사랑한 정성 한데 모여

오늘의 영광으로 피워졌거니

꽃으로 그리는 평화에 기쁨 있기를

꽃이 된 온몸 강건하기를

아름다움 퍼지는 곳곳에 더 큰 축복 있기를

우리 함께 날다
−한국예총 화예협의회 전시회

소백산 끝자락 단원현감의 연풍고을
가나안 숲에
꽃을 사랑하는 화예인 모여
일곱 번째의 꽃 예술 전시회로
오늘을 남길 꽃의 풍속화를 그리고 있다

돌돌 말아진 한지 펼치고
섬세한 동작마다 놓치지 않고
붓으로 찍어 담아낸 단원의 풍속도

오늘은
수려한 산봉우리 인정 어린 사람들의 눈빛 담아
대한민국 화예 작가들의 초대전으로 그려진다

생의 절정을 바치는 꽃들의 황홀한 찰나를
영원으로 삶의 맛과 죽음의 멋을 조합하여
오감을 충족시키는 꽃 예술

숨겨진 가슴의 시심과 온몸 전율 흐르는 혼의 열정과 감성을
꽃으로 꽃피우는
설치 미술

클래식과 아르누보
고전과 현대가 아우러져
승화된 형태로 생성되어 단원 앞에 서 있다

내면에서 꿈틀거리는 희열
솟아오르는 예지가
작품마다 개성 넘치는 모습으로
신비의 약초들 생명의 호흡 뿜어내는
괴산의 하늘을 날고 있다

자!
우리 함께 날자
양 어깨에 돋아난 날개 활짝 펴보자

대한민국 예총 꽃 예술 작가들이여
일곱 번째의 꽃의 축제 멋지게 그려보자

날다
우리 함께

*충북 괴산 연풍은 단원 김홍도가 현감을 지낸 곳임

자연을 담다
—한국예총 특별화예부문 초대전에 부쳐

자연을 담은 그릇에 꽃의 노래가 울린다
또 하나의 생명이 잉태되어 춤추는 소리

0도와 5도 사이
황금의 비밀이 꿈틀거리는 예혼을 불러내어
무한의 공간에 모습을 드러내었다

자신을 관조하여 성찰하고
지와 정과 예를 쏟아부어 쌓아 올린 자아
무에서 유로 건져 올린 분신들이
어느 사이 대한민국예술총연합
화예 부문 영광된 자리에 초대되었다

그 건강한 비전이 불타는 꿈이 여기까지 달려왔다
아름다워라 거듭난 모습이여
보배로워라 귀한 이름들이여
오늘이 있기까지 그대 어둠과 함께 잠든 적이
몇 번이나 있었던가
어느 한 번 느긋한 게으름에 머문 적 있었으랴

잠든 새벽을 깨워 싱싱한 꽃을 찾아 꽃장을 뒤지고
스물다섯 스물여섯 늘리고 늘린 시간에
꽂았다 뽑았다 몸부림으로 밤새 진통한 분신인 것을

이제 조심스레
대한민국 예술의 거대한 바다에 배를 띄웠으니
부디 드넓은 바다에서 더 큰 꿈 이루기를
보석처럼 빛나시기를
꽃 예술 예술인들의 나침반이 되어
더 큰 위대한 꿈 펼치시기를…

자연을 담다 2
−한국예총 화예작가 초대전

연풍의 가나안 호텔 정원에
수옥폭포 무지갯빛 물방울들 날아와 촉촉하게 젖고 있다

발로서 꽃을 꽂는 열정으로 달려와
세상에 하나밖에 없는 예지의 그릇에
자연을 담아내는 예혼들

나만의 오브제에 묵직한 바위 침묵의 언어 한 조각 앉힌 후
계곡에 흐르는 맑은 물 퍼 담아
달콤한 바람에 벙그러진 꽃봉오리 환한 웃음
푸른 잎 새 사이로 새어 나오는 햇살 한 줄기 끼었으면

산수국 눈뜨는 숲속의 향기 날아와 고요 속에 머문다
생성되는 창작의 세계 불 밝힌 길로
심연에서 퍼 올린 촉수들의 춤사위 가슴으로 풀어놓은 분신들
면마다 선마다 싱싱한 호흡 불어넣어
해산 되어진 또 하나의 생명이려니

환호하는 숲의 나무들 동참하는 풀꽃들 둘러싸인
거대한 산봉우리들의 박수갈채여
메아리로 울려 퍼지는 숲속 초여름의 대잔치
자연을 담다

꽃빛 바다 출항하는 화예가족들에게
−제2대 한국예총 화예협의회 취임식에 부쳐

그 바다 포구에는 해를 만나는 문이 있어

꽃이 된 젊은 어부는

희열과 보람을 낚으러 바다로 간다

푸른 물살 가르며 떠나는 길 창창히 열리며

달리는 꽃배 앞에 지구 뒤편에서 숨었다 나오는

붉은 해 한 송이

하늘과 푸른 세상에 꽃으로 핀다

오라 해여!

우리는 열정의 북채

내일을 향한 행진곡으로 힘차게 내려치며 노를 저으리

그리하여 맑고 깨끗한 하늘 항아리에

저 눈부신 해 한 송이 멋지게 꽂아보리니

자아! 더 넓은 바다를 향해

빛으로 세상을 비취기 위하여

꽃으로 세상에 아름답게 남기 위하여

펼쳐진 우주를 방안에 들이는 작업을 위하여

자르고 치고 죽이는 작업 죽어야만 태어나는 꽃들

죽여도 용서받는 꽃 예술을 위해

꽃의 바다를 항해하는 우리이리니

지천으로 핀 꽃들 있어도

방에 들어와 꽂혀진 한 송이 꽃은

소우주가 축소되어 이루어지는 위대한 일이려니

자신을 쳐 관조하는 가지여

자신을 성찰하여 다듬는 잎새들

손끝에 모아진 지와 예와 덕이여

어찌 지천에 수천 송이 꽃을 택함 입은 한 송이 꽃에 비하랴

이제 대한민국 예총의 거대하고 든든한

큰 배의 한자리 자리 잡고

빛을 담은 화예의 배 이끄는 이 누구인가

시마다 때마다 지혜로 총명으로 이끌어 가는 한명순 이사장

세 분의 부이사장

그리고 임원들과 하나처럼 힘 모으는 지체들이여

혼과 영 한 몸 이룬 꽃이 된 지상의 별들이여

아름다움을 싣고 먼 여행 떠나는 친구들이여

가자 우리 함께

세상의 그 어느 크루즈가 이보다 멋질 수 있을까

우리 한국예총 화예협의회 꿈을 실은 꽃배여

열린 앞길에 축복있으라

축복있으라

한국예총 화예 작가의 노래
-작사: 성용애

1.

그대는 꽃을 사랑하는 꽃 예술인
봄이 오는 길목부터 눈 내리는 겨울까지
피고 지는 꽃들과 함께 사는 꽃의 친구여라
꽃들의 고운 마음 선한 마음 배우며 살지
아 사랑이여 변치 않는 꽃으로 그대를 섬기리

2.

세월이 흐르고 삶이 변하여도
꽃들과 함께하는 우리는 꽃의 천사
요람에서 무덤까지 기쁨 슬픔 꽃으로
가슴은 뜨겁고 손길은 따뜻하다오
아 사랑이여 아름다운 꽃으로 그대를 섬기리

3.

꽃으로 아름다운 세상을 그리며
꽃향기 가득한 향그러운 세상을 꿈꾸며
꽃 예술 아끼고 지켜 가리라
영원하라 한국예총 화예협의회여
아 사랑이여 진실한 꽃으로 서로를 섬기리

평창, 꽃으로 날개를 펼치다
−한국예총 화예협의회 평창동계 올림픽 전시회 축시

지구촌이 펼치는 겨울의 대축제
평창 동계올림픽 무사히 치루기를 바라며
꽃들이 나래를 펼치고 있다
G_50 K−Artist Frsta
깊고 깊은 계곡 휘어져 내리는 중후함
또는 웅장하며 어머니의 품 같은 편안함으로 앉아 있는 오대산
그 모습 닮은 꽃예술 작품들이
타오르는 성화와 함께 홰를 쳐 날고 있다
하늘과 땅이 만나 역사를 이루는 곳
얼음꽃 피워내어 손님을 초대하여 새로운 지평 열게 하는
축제마당 평창 동계올림픽
지구 위를 달려온 세계의 손님들이
작품 속에서 선의 그림자 찾아 면으로 모였다
꽃으로 꽃을 피워내어 지구촌의 안녕과 인류의 평화를 기원하며
꺼지지 않는 성화로 또 하나의 큰 역사 쓰고 있는
평화의 제전 큰 감동과 열정의 경기로 성공하길
인류의 기쁨과 보람이 되길
화합과 친교로 젊은이들의 큰 꿈들 이루어지길

흙에서 생명을 캐어내듯
−원예디자인협회 창립 10주년 축시

땅속에 꿈틀대던 순 봄 햇살 받아 흙의 문 열고 나오듯
큰 소망 꿈꾸는 꽃들 이곳에 모여 새 역사를 쓰고 있다
흙에서 생명을 캐어 올리는 역사
군락으로 키워온 한국 원예디자인협회
초대 김정희 회장을 필두로 성장해 온 십 년
오늘 제6대 이사장으로
원예 디자인을 학문으로 승화시켜 끌어 올리고
발전에 하나의 획을 그은 거목 한명순 박사
추대하여 모였으니
협회는 더욱 견고하고 튼튼하게 다져져 우뚝 서리라
흙과 나무 한 포기의 풀꽃과 한 개의 작은 돌에게서까지
자연의 섭리를 보며
공해에 찌든 지구를 구할 막중한 사명을 짊어진 원예가족들
땅을 푸르게 가꾸는 모습 향기로 날리며
초록빛 생명 건강으로 사회와 생명을 살리는 일꾼이리니
삶은 가치 있고 생활은 보람 있으리
번창하라! 대한민국 원예 디자인 협회여!
창대 하라 싱그러운 푸르름으로!

하모니 데몬 100회를 기념하여

꽃이 좋아 꽃에게 반하고 꽃길 걸으며

꽃과 함께 꽃이 되어 사는 꽃쟁이들

싱싱함을 찾기 위하여 좀 더 좋은 탐스러움을 찾아서

달빛 머무는 새벽부터 안개 자욱한 이슬 길을 부지런히 뛰는

그대들

어두운 곳 빛으로 비인 곳 채움으로 아름다움 나누는 고운 님들

그 순수한 꽃 마음이 꽃을 향한 애정이

세상을 밝아지게 했으려니

가난한 마음 넉넉하게 했으려니

새로움 위하여 영감 있는 작품 만나려 먼 길 마다 않고

부산에서 제주에서 대전에서 달려오는 그대들은

바쁘게 살아도 여유로운 꽃별들

이름처럼 어울리는 화음으로 꽃의 귀함과 가치를 나누고저

꽃 문화 발전 위해 횃불 든 우향 회장님의 뜻을 따라

한 몸 이룬지 어언 백회 생일을 맞았으니 어찌 기쁘고 반갑지

않으랴

정으로 믿음으로 쌓아온 세월 축하드리며 축배 올리니

자, 기쁨을 함께 나누자 꽃들이여 보람을 함께 나누자 별들이여

해피 버스데이 하모니

해피 버스데이 하모니

목련 피는 날
–홍성덕 박사 학위 축하 시

목련 가지에 달빛 곱게 피는 밤
명주 필 풀어놓은 하늘에
꿈으로 그려 놓은 그림이 펼쳐졌다

만 가지 재능 붓끝에 매달려 혼으로 채운 여백
홍성덕 박사 오늘은 금빛 낙관 찍어
하늘에 올린다

눈부셔라 열정으로 빚어놓은 만개한 모습이여

밤을 잡아매고 새벽을 가두어 늘리고 늘린 하루
길고 긴 싸움으로 걸어온 가시 바람길
이제, 눈부신 목련으로 피어나 빛을 밝히니
님의 내일은 보배로운 영원한 봄이리라

지지 않는 꽃으로 남아 희망을 나눠 주는 당신의
영원한 젊음을 축하합니다
축하합니다

한우리회 창립에 부쳐

한우리
한 울타리 안에서 함께하는 한 가족들이여
한 일터에서 즐기며 보람을 찾는
강건한 모습들

연약한 여인임에도
가정에서 사회에서 당당하게 쓰임 받는 일꾼들
이른 새벽
숨어버린 달빛 좇아 집을 나서며
떠오르는 햇살 안에 꿈을 펼치고
시들지 않는 꽃에게서 안정 찾으며
아름다운 세상 만들기 위해 날마다 새로운 희망을 심는다

서로 사랑하고 서로 이해하고
더 큰 소망 위하여 더 큰 발전 위하여 한우리로 모였으리
이웃사촌 하나 된 모습 한자리에 모여

높이 든 횃불로 타올라라
함께 걸어가는 내일은 행복한 내일로
꽃보다 고운 한우리 가족들에
큰 발전있으라!

가을바람의 노래
– 월간 프레르 사장 최화자 여사 칠순에

안개비 솔솔 뿌려지는 어느 봄 문을 연 세상은 신비하였네
마알간 시냇물 마시며
우윳빛 바람으로 살찌우는 한이 꽃으로 피어나
태양 빨갛게 이글거리던 여름
한 마리 사슴처럼 찾아온 당신과
사랑의 너울 속에 불태웠던 여름은 찬란했음이여
향그러운 숲속 우리를 위한 초록빛 연주는 즐거웠고
와인 터지는 소리 속에 장미는 만발했었네
문규 창규
두 귀한 하늘의 손님 축복의 열매로 찾아와
보아스와 야긴 두 기둥으로 있음도 감사하리
하나여서 더욱 귀한 딸 현희 너는 나의 영원한 친구
어느 날 홀연히 떠나간 사슴은 지금도 내 곁에 있음이여
함께 나누었던 추억의 보석들 기억의 창고에 가득하여라
나는 그 안에서 아직도 목 축이는 풋사과
이제 가슴에 감사로 쌓여진 날들은 은혜로 머물게 하리
펼쳐진 예인들의 갤러리 플레르를 지키고
삶의 여백엔 아름다운 그림으로만 채우겠거니
남은 날은 금빛으로 빛나는 오후 감사로 피워 올리리
가을바람의 노래되고 그대 앞에 영원히 머무는
꽃이 되리라

화공 회장님 가시다

또 한 송이 꽃이 떨어져 꽃 예술 역사 속으로 사라져 갔다

꽃을 예술의 품격으로 올리시고
꽃으로 최고의 생을 누리셨던 님

달항아리 우아한 모습에 다듬어 홰를 치는 소나무
고고한 기상으로 꽃 예술 역사를 써 내려간
크신 손길이여
평생을 반달버선에 단아한 한복 즐기시고
당신이 고운 여인임을 꽃으로 알리셨던 님

오직 한국화예의 전통을 고집하여
세계에 당당히 써 내려간 화공 화예의 역사여
제자들에게 넘보지 못할 긍지를 심어주고
당신 또한 섞이지 않은 깨끗한 이름으로 남으시길
원하셨던 님

그 이름 꽃들의 기억 속에 영원히 남을 것이리
부디 가시는 길 평안하시길
꽃잎 날리며 훨훨 떠나시는 길 무사하시길
바람 되어 떠나신 님 하늘의 꽃이 되어 빛으로 남겨지길
영원 속에 고이 잠드시기를

계절과 꽃, 그리고 믿음의
서정적 발현

김종회(문학평론가, 전 경희대 교수)

1. 자연의 경이(驚異)를 바라보는 순수의 눈

성용애 시인은 신앙과 시, 꽃 예술과 성단 꽃 장식을 함께
끌어안고 사는 사람이다. 한국문인협회 회원으로 크리스천문
학가협회와 기독시인협회 외에도 여러 꽃 예술 단체에서 활
동을 하고 있으며 꽃 장식에 관한 사업으로 크고 작은 건물의
디스플레이나 무대장식 등의 일에 종사하며 신문에 성단 꽃
에 관한 칼럼을 연재하는 등 많은 활동을 하고 있다. 『시와 함
께하는 성단 꽃 장식』및『중국에 대한 내 시시한 이야기』등의
저술을 펴 낸 그가 이번에 세 번째로 상재 하는 시집『창세기
숲에는 시가 산다』는 모두 5부로 구성되어 있다. 그 가운데 1
부 〈백목련 피는 기도〉는 꽃 예술가답게 자연을 바라보는 순수

하고 정갈한 눈길을 보여준다. 2부 〈늦어버린 시간에 대한 변명〉은 관찰의 눈을 한결 심화하여 그 풍광에 의미를 더하며 보다 정교한 감각으로 이를 드러낸다. 3부 〈봄을 찍다〉는 짧은 시의 문면(文面)에 축약의 서정을 담았다.

4부 〈아침 묵상〉은 믿음과 기도 그리고 은혜에의 찬미를, 마지막으로 5부 〈꽃이 된 당신에게〉는 사람과 공동체를 위한 헌정의 노래로 되어 있다. 1부에서 3부까지는 계절과 자연, 특히 꽃에 대하여 이 시인이 어떤 시적 감성으로 다가서고 있는가를 구구절절이 증명하려는 시도처럼 보인다. 인류 역사 이래 이와 같은 대상을 시적 언어로 표현한 문학의 집적은 그 질과 양을 헤아리기 어려운데, 이는 그것이 우리 삶의 환경을 선(善)한 시각으로 응대하는 보편적 인식의 유형임을 말한다. 4부와 5부는 이 시인이 자기 삶의 특정한 형식으로 설정하고 있는 믿음의 실제, 그리고 매일의 생활을 통해 기리고 현양해 나가는 여러 가지 일을 시화(詩化)하고 있다.

1부에서처럼 계절의 양태와 그 변화, 자연의 경물(景物)에 대한 심상을 시로 쓰는 것은 창작 주체에게는 매우 익숙하고 자연스러운 일이다. 더욱이 이 시인처럼 절대자를 향한 믿음의 동선(動線)을 가진 경우라면, 그 창조의 숨결이 삼라만상에 깃들어 있는 것으로 여길 수밖에 없다. 그런 점에서 보자면 남극이나 북극이 아니라 사계절의 구분이 뚜렷한 온대에 사는 것이 행복이요 축복일 수 있겠다. 그런가 하면 계절의 의미를 포함하는 자연은 그냥 주어진 모습대로의 형용만 가지고 있지 않다. 산과 강과 바다와 같이 스스로 생명력을 가지고 생성,

발전하는 것이다. 성용애의 시에는 이와 같은 계절 및 자연의
이미지와 그 기운이 곳곳에 넘쳐나고 있다.

시퍼렇게 날을 세운 하늘에 머리 들이밀고
백목련 촛불을 들었다
손 모아 일제히 일어섰다

빌딩 난간에 올라앉아 코로나 쏘고 있는 전광판
선전포고도 없이 원폭을 터트렸기 때문이다
그 당당한 권력이 붉은 달을 잘라 밤을 태웠기 때문이다

아아, 지구가 위태롭게 술렁거렸다
뾰족한 두려움은 피부 속을 파고들어 거대한 집을 지어놓고
밤마다 찾아와 문을 두드렸다

팽팽하게 긴장한 어둠 속으로 천천히 다가오는
공포가 포위망을 좁혀 왔다
꼬리에 꼬리를 물고 늘어나는 어둠의 소식
지구를 돌고 돌아 아직도 하늘 끝에 당당하게 버티고 서 있다

그리하여 백목련은 일제히 일어나 하얀 시위 터트렸다

평화의 옷 눈부시게 입고서 촛불을 들었다

햇살 내려앉은 곳마다 달빛 뿌려지는 곳마다

세상 곳곳을 환하게 밝힌 하얀 꽃불이 활활 타오르고 있다

어둠을 몰아내는 평화의 항쟁이 시작되었다

–「백목련 피는 기도」전문

목련은 봄을 가리키는, 풍향계와도 같은 꽃이다. 우리 산하
에는 이른 봄 진달래 개나리가 피어나면서 함박웃음의 초롱 같
은 목련이 '불을 켜고' 뒤이어 벚꽃이 핀다. 모두 잎이 나기 전
에 꽃부터 먼저 핀다. 시인은 그 백목련이 필 때 여러 가지 생
각과 기도의 제목을 내세웠다. 그에게는 백목련이 촛불을 들
고 손을 모으며 일제히 일어서는 것으로 여겨진다. 세계적 팬
데믹, 코로나는 '당당한 권력'으로서 '붉은 달'을 잘라 밤을 태운
다. 백목련의 '하얀 시위'는 이 질곡을 넘어 세상 곳곳을 환하게
밝힌 '하얀 꽃불'이다. 그런데 '어둠을 몰아내는 평화의 항쟁'에
그 대상이 비단 코로나에만 그칠 리 없다. 시인에게 있어서 목
련은 가장 강력한 기구(祈求)의 모습이다.

꽃들이 비상을 꿈꾸며 몸매 가다듬고 있다

튀어나온 가지 엉긴 잎새들이

싸락싸락

예리한 촉각 쏟아붓는 열정으로 거듭나 세상의 문 열고 있다

공식과 제한 뛰어넘는 혼의 자유가 땀방울 낭자하게 피어있다
잘린 상처마다 진액 흘러나와 해산 되어지는
또 하나의 삶
숨은 꽃 한 송이 찾아 흰 그림자는 수 없는 미로의 길을 헤맨다

틀어 앉은 고목 상처 위로 뚝뚝 떨어지는
진홍빛 맨드라미 빠알간 눈물
핏물 그득한 화기 위에 저린 아픔이 고인다

알 수 없는 깊이 끌어올린 가지 끝에 노랗게 매어달린 열매
죽어서 다시 피는 삶으로
노을빛 장미는 황홀한 미소를 머금는다

아름다움을 위해 양쪽 팔을 자르고
영원한 형벌로 서 있는
비너스
그 위대한 영광의 의미를 꽃들은 알기 때문이다

ㅡ「부활론」 전문

시인은 그가 바라보는 자연을 언제나 신앙의 음영(陰影)으로
해석한다. 꽃이 그 자태를 자랑하는 순간에, 이를 '비상을 꿈꾸

며 몸매를 가다듬고' 있다고 인식한다. 꽃과 더불어 출현하는 잎새들이 지향하는 곳은, 멀고 먼 천상의 세계가 아니라 우리 삶의 실상이 '땀방울 낭자하게' 펼쳐진 이 세상이다. 거기에 수도 없이 많은 '미로의 길'이 있고 상처 위로 눈물 떨어지는 '저린 아픔'이 있다. 그러기에 알 수 없는 깊이로부터 끌어올린, 가지 끝에 노랗게 매어 달린 열매는 부활을 상징한다. 꽃들은 '그 위대한 영광의 의미'를 알고 있다는 것이다. 소중하고 귀한 것은 이 사소한 꽃들의 요동 속에서, 신앙의 정점이라 할 부활을 견고하게 걷어 올리는 시인의 역량이다.

구불거리는 길 휘청휘청 큰어머니를 만나러 간다

잔디밭에 하늘을 향해 나란히 누운 이들
이름도 다르고 살아온 길도 달랐을 똑같은 모습들
영원한 자유 속의 휴식이 평화롭다

정갈하게 다듬어진 돌계단 하늘 건너는 길목 곁에
회향목 울타리 둘러치고 앉아 오손도손 얘기 나누는 큰어머니
따뜻했던 그 모습 넘겨다 보인다

다가서 고개 숙인 눈앞으로
뭉클뭉클 쏟아져 나오는 크고 작은 기억들

'호랭이나 물어가지' 허물없이 던지던 욕설 몇 마디

겹쳐지는 정겨운 추억들에 가슴이 먹먹하다

'생이란 건 풀어진 고리 엮어져

돌고 돌아 살다가 제자리에 와서 맺는 흔적인 게야'

가슴에 넘치는 사랑 끌어안고 세상에서도 하늘처럼 살았던 분

품속에 달 같은 사랑 가득 껴안고 살며

남의 일도 내 일처럼 걱정 근심 끝이 없던 정 많은 아지매

오늘은 또 누구의 걱정 대신 앓아주며

저토록 고운 진홍빛 연산홍 곁에 누워 계시나

－「연산홍 속의 큰어머니」 전문

　계절과 자연과 꽃을 통하여 세상을 보기로 한다면, 그 속에
인생세간(人生世間)의 이치가 모두 담겨있을 수밖에 없다. 연산
홍은 진달래과에 속하는 낙엽관목들의 총칭이다. 꽃의 색은
붉은 계통이 대부분이지만 노란색이나 흰색도 있다. 그 꽃말
은 첫사랑이다. 연산홍과 함께 큰 어머니를 떠올린다면, 거기
에 어린 시절의 추억이 함께 결부되어 있을 가능성이 크다. 그
큰어머니는 정갈하게 다듬어진 돌계단 '하늘 건너는 길목' 곁
에, 저토록 고운 '진홍빛 연산홍' 곁에 누워있다. 시인은 이미
고인이 된 큰어머니를 만나러 연산홍 꽃길을 찾아간다 '정겨운

추억'과 '남의 일도 내 일처럼' 걱정하던 옛일이 연산홍 꽃의 얼굴을 통해 반사되고 있다.

2. 풍광의 의미화, 정교한 감각의 발현

시에 있어서 눈에 들어오는 풍광을 있는 그대로 보여준다면 그것은 그것대로 하나의 '의미'를 구축할 것이다. 그러나 보다 깊이 있고 체계적으로 시를 쓰는 시인이나 시를 읽는 독자는, 거기서 한 걸음 더 나아가 문학사회학에서 말하는 '의미화'의 영역으로 진입한다. 주로 산문을 두고 비평할 때 쓰는 용어지만, 시적 의미망에 적용해도 별반 무리가 없다. 예컨대 최인호가 쓴 『별들의 고향』에서, 의미는 주 인물 '경아'가 겪는 세태와 간난신고이지만 의미화는 그것이 보여주는 여성에 대한 차별과 왜곡된 사회구조다. 이러한 논리를 성용애의 이 시집 2부의 시들에 대입해 보면, 그의 언어와 시적 의미가 가진 담론의 구체성을 확인할 수 있다.

나의 하루는
바들바들 떨며 징검다리를 건너가고 있는 시계바늘 확인부터
시작 된다

(중략)

여유에 대한 인수분해의 오답의 결론은

언제나 벗어놓은 수북한 허물들로 인해

기억하는 모든 것들이 한꺼번에 몰려오는 불협화음을 가져오

게 하여

거울 속에 낯선 얼굴 자글거리는 실금들이 늘어나게만 하지

그리하여

철없는 몽상가의 나직한 독백으로 전락한 나의 금빛 휴식은

또 한 번 놓쳐버린 시간에 대한 변명을 만들어 내고

　　－「놓쳐버린 시간에 대한 변명」 부분

　인간의 삶에 시간과 공간의 개념이 구체적으로 개입된 것은 근대 이후의 일이다. 이를테면 문학작품에 시간의 개념이 도입되기 전에는 선형적(線形的) 시간관밖에 없었지만, 개인의 삶에 대한 자각과 서민 의식이 성장하면서 사고와 인식의 방식이 달라지고 비선형적(非線型的) 시간관이 활용되기에 이르렀다. 여기 인용한 시에서의 시간은, 바들바들 떨며 징검다리를 건너가고 있는 '시계바늘 확인'부터 시작되지만, 결국 나를 '무아의 깊은 동굴'로 빠져들게 한다. 마침내 기억하는 모든 것들이 '한꺼번에 몰려오는 불협화음'을 초래하고, '나의 금빛 휴식'은 철없는 몽상가의 나직한 독백으로 전락한다. 시인의 이 '놓쳐버린 시간에 대한 변명'은 그의 시를 사뭇 입체적으로 형상

화하고, 당초의 시계바늘은 단순한 풍경을 넘어 비선형적 시
간의 확장을 견인한다.

올림픽대로 길가에 서서

지나가는 이마다 배웅하는 이팝나무에서는

하얀 쌀밥 냄새가 난다

까만 보리밥 속에서 퍼낸 쌀밥 같은

달디 단 밥 냄새

산골 마을 우리 집엔 지나가는 사람마다

밥을 먹으러 왔다

시골 면서기인 아버지는 퇴근만 하면

시도 때도 없이 손님을 데리고 오셔서

대문 들어서면서부터 큰소리로 밥을 찾으셨다

하얀 광목 앞치마 수건 두른 젊은 엄마는

반찬 없어 속으로 중얼 중얼 몇 마디 하면서도

울타리 속에 숨어있는 애호박 뚝 따다가

장독대 줄줄이 선 옹기항아리 속에서 노랗게 익은 된장

푹 퍼 넣고 찌개를 끓여 손님상을 차렸다

손님 밥은 언제나 보리밥 속에 들어있는 쌀밥이었고

엄마가 싸주는 노란색 양은 벤또에도 언제나

보리밥 속에서 퍼낸 쌀밥이었다

티티한 보리밥 속 쌀밥은 군침 도는 투명한 은빛 이었다

유월 햇빛 속에 파묻힌 이팝꽃 같은

손님들은 항상 엄마의 음식 솜씨에 감탄했고
신나는 아버지의 웃음소리
우리 집은 언제나 식당처럼 붐볐다
나는 그때 엄마들은 늘 손님을 대접하고 남은 것만
먹고 살아야 되는 줄 알았었다

　　　　─「이팝나무 몸에서는 쌀밥 냄새가 난다」 전문

　이팝나무는 단지 관목보다 키가 큰 교목이라는 차원에서 '쌀밥'의 이미지를 불러온다. 반면에 꼭 같은 꽃의 모양을 가졌으나 키 작은 관목 조팝나무는 '조밥'으로 등급이 격하된다. 그런데 그 이팝나무가 올림픽대로 길가에 서서 지나가는 이를 배웅한다. 이 일상의 풍경에서 시인은 '산골 마을 우리 집'을 떠올리고, '시골 면서기'였던 아버지와 '하얀 광목 앞치마 수건 두른' 젊은 엄마를 떠올린다. 아버지와 엄마가 있는 그림이면, 기실 시인의 유소년 시절 전부가 있는 것이다. 손님 대접으로 이웃에게 밥을 먹여야 했던 전쟁 직후, 젊은 아버지와 엄마를 오늘의 발전된 도시 한복판으로 불러오고 되새기는데 이 시의 묘미가 있다.

　손바닥 위로 단풍잎 하나가 떨어졌기 때문이다

　노오란 튤립나무 잎새 벌레 지나간 구멍 사이로

건너다본 숲에서 반짝이는 청설모 눈빛과 마주쳤다

나보다 더 놀란 듯 까만 꼬리 세우고

상수리나무 마른 잎 속으로 날아가 숨는다

와사사 웃음 터진 잎새들이 바람 속으로 흩어져간다

군살 터진 흉터 안고 비탈에 선 자작나무 꺼칠한 모습을 보면

북유럽 멋진 찻집이 떠오르지만 나는

그 찻집을 가본 적이 없다

텀블러에서 조심스럽게 흘러나오는 종이컵 커피

잘 익은 가을 향이 거기 적당하게 녹아 있다

황혼 속으로 떠나는 가을 여행을 계획하였다

　－「늦가을 일기」 부분

　시인에게 시는 언제나 하나의 '일기'인지도 모른다. 그가 정녕 시인이라는 것은 가끔 시를 쓰고 시집을 묶으며 이를 주위에 나눈다고 해서가 아니다. 언제나 그의 의식 한가운데 시가 있고 시인이라는 자각이 살아있으며 시와 더불어 호흡하기에 시인인 터이다. 그러기에 시인이 발화하는 시를 일기라 부를 만하다. 손바닥 위로 '단풍잎 하나'가 떨어질 때, '노오란 튤립나무 잎새 벌레 지나간 구멍' 사이로 '청설모 눈빛'과 마주칠 때, 자작나무 꺼칠한 모습에서 '북유럽 멋진 찻집'을 떠올릴 때 그는 시

인이다. 일기처럼 시를 생산하는 시인이다. '잘 익은 가을 향'이
나 '황혼 속으로 떠나는 가을 여행'은 바로 그와 같은 속 깊은 시
인의 시적 향유(享有)에 해당한다.

3. 짧은 시의 문면에 담은 축약의 서정

말이 간략하면서도 그 속에 깊은 의미를 담고 있을 때, 우리
는 그 발화자를 경외한다. 인간의 사상과 감정을 최대한으로
축약하고 이를 운율에 실어서 표현하는 시에 있어서는 더 말
할 나위가 없다. 항차 시는 인류 역사에 예술의 효시이자 '짧은
예술'의 발원에 해당한다. 우리 문학의 옛 선조들은 짧은 시의
그릇에 진중한 생각을 담는 데 능숙했다. 한시에 있어서 절구
(絕句)나 율시(律詩)의 형식이 그렇고, 시조 또한 기본이 3장 곧
3행으로 제한되어 있다. 그 짧은 분량에 우주 자연의 원리를
수용했다. 이 시집의 3부는 바로 그와 같은 짧은 시들의 행렬
로 구성되어 있다.

1.
산수유 까칠한 기침 소리에 잠 깬 봄
섬진강 물길 따라 달리고 있다
코로나 온갖 협박 하든 말든
눈부신 웃음으로 길을 밝힌

벚꽃들

2.
춘분 지나 만월 후 첫 번 주일 새벽
달빛 그림자에 어른어른 흰 옷자락
누구인가 열어보는 창문 밖에 와락 안겨들었다
백목련

3.
밤새도록 흐느끼는 소쩍새
토해놓은 핏빛 각시 복숭아꽃
담장 넘어 들녘 자운영 논엔
벌들 질러대는 노랫소리 진동하던
어린 날

─「봄을 찍다」전문

   시인의 봄은 '산수유 까칠한 기침 소리'에 잠을 깬다. 섬진강
물길 따라 달리고 있으니 시의 공간 환경은 경남 하동이다. 하
동포구 십리 길의 벚꽃 장관이 그림처럼 떠오르는 형국이다.
이 시인이 그토록 사랑하는 백목련은 춘분이 지난 주일 새벽
에 달빛 그림자에 아른거리는 '흰 옷자락'처럼 와락 안겨든다.
소쩍새, 복숭아꽃, 자운영이 앞다투어 피고 '벌들 질러대는 노
랫소리'가 진동하던 어린 날이 지금 여기에 소환되었다. 유년

의 추억을 불러오는데 굳이 많은 제재(題材)가 필요하지 않다.
다만 그 하나하나의 강도나 파괴력이 문제다. 선뜻 몇 개의 객
관적 상관물을 제시함으로써, 시인은 그와 같은 시적 언어 문
법에 익숙함을 드러낸다.

어둠을 열고
불쑥 찾아온 해바라기
동그란 얼굴 벙긋거리며
내게
시를 쓰라 하네

─「달」전문

잠 깬 풀잎들의
웃음소리
깨어질까 봐
눈으로 가만히 주워 담는다

─「이슬방울」전문

이 두 시는 이 시집에 실린 모든 시 가운데 각기 5행, 4행으
로 가장 짧은 시다. 그렇게 극도로 축약되었으나 시가 표방하

는 의미의 진폭은 오히려 더 크고 넓다. '달'을 두고 '어둠을 열고 불쑥 찾아온 해바라기'라고 쓴다. 달이 밤의 해바라기라는 매우 도전적인 발상법이다. 그런데 그 달이 내게 '시를 쓰라' 한다. 이는 말을 바꾸면 이 달로 인하여 시가 촉발된다는 뜻이다. 살얼음 위를 걷듯 조심스러우나 과감한 뒤집기의 비유가 거기에 있다. 사정은 '이슬방울'에서도 마찬가지다. 이슬을 두고 '잠 깬 풀잎들의 웃음소리'라 부르고, 그것이 깨어질까 봐 '눈으로' 가만히 주워 담는다고 한다. 예리하지만 웅숭깊고 범상해 보이지만 사유(思惟)의 폭이 넓은 시어들이다.

4. 믿음과 기도, 그리고 은혜에의 찬미

시인이 기독교 신앙을 가졌다면, 그의 신앙과 문학은 매우 밀접한 거리에 놓인다. 기독교 사상이 문학으로 치환된 가장 기본적인 예로서 성서는 문학적 기술의 성격을 약여하게 갖고 있다. 성서를 예언문학·묵시문학·지혜문학 같은 호칭으로 부른다든지, 시편·잠언·전도서·아가 등이 노랫말의 운율로 되어있다든지, 룻기·에스더가 단편소설의 형식적 특성을 그대로 구비하고 있다든지 하는 사실이 기기에 좋은 반증이 된다. 옥스퍼드 대학의 바(James Barr) 교수는 성서의 연구에서도 신학적·역사적·문서적 연구 외에 미적·문학적 연구가 수행되어야 한다는 주장을 내놓은 바 있다. 영국의 문인 루이스(C. S. Lewies)가 인간을 수륙양서(amphibian)의 동물이라고 정의한 바

있지만, 그 정의가 내포하는 의미처럼 성서는 지상의 육신과 영적 피안을 아울러서 있을 수 있는 모든 인간 체험을 다룬다.

성용애의 시는 근본적으로 기독교 신앙의 바탕 위에서 출발하며, 거의 모든 시의 뒷 그림으로 신앙의 그림자가 숨어 있다. 어쩌면 이러한 상황은 시인 자신의 행복일 수도 있다. 오랫동안 한국문학의 단처(短處)로 지적되어 온 것이 '사상을 담은 문학'의 허약이나 부재였는데, 이천년을 넘긴 기독교의 역사와 그 신앙의 조력을 얻는다면 이 문제가 쉽사리 해소될 수도 있는 까닭에서다. 성용애의 시에 있어서도 마찬가지다. 이는 마치 옷감이 좋으면 마름질을 조금 잘못해도 옷이 좋아지는 것과 마찬가지의 이치다. 이 시인의 생각과 삶이 기독교 정신을 푯대로 하고 있다는 사실은 그런 점에서 미더움을 더한다. 4부에서는 그러한 성향의 시들을 한데 모았다.

님의 요람 위에 누운 철부지

흔들어 재워 주신 손길에서 눈뜨면
빛 뿌려진 푸른 아침 마당에 가득하다

아장거리며 들어가는
창세기 숲속
청태 낀 돌 틈에 담긴 우물이 서늘하게 반긴다

하늘 한 조각 들어앉은 샘 속에
부스스한 낯선 얼굴이 올려다보고 있다

두레박 내려갈 때마다 부서지는 얼굴
요동치며 깨지고 출렁이며 다시 핀다

헉헉거리며 퍼 올리는 어설픈 몸짓에
함께 들어 올려주시는 님

에스겔 마당 차오르던 맑은 물 발목 채우고
무릎 허리 찌든 심장까지도 후련하게 씻어 내린다

비로소 빈 항아리 채워지는 양식
전율에 휩싸이는
아 박하사탕보다 시원한 말씀의 맛

샘 속에 얼굴이 환하게 웃는다

—「아침 묵상」 전문

　시인의 아침 묵상은 그 하루를 온전히 믿음의 발걸음으로 걷
겠다는 결의와 다르지 않다. 생의 연륜을 쌓은 지 오래이건만,
시인은 자신을 여전히 '님의 요람 위에 누운 철부지'로 지칭한
다. 시인이 만나는 하루 또한 여전히 '창세기 숲속'이다. 여기

서 님은 당연히 종교적 절대자의 다른 이름이다. 그 님은 두 레박을 '함께 들어 올려' 주시기도 하고, '에스겔 마당'의 도움도 공여한다. 에스겔은 이스라엘의 바벨론 포로 시절에 다니엘, 예레미야와 함께 세워진 선지자의 이름이다. 이렇게 시인의 이른 시간 기도에는 많은 믿음의 절목이 등장한다. 시를 통해 이를 발설하는 것은, 시인 자신의 신앙고백이면서 동시에 절대자를 향한 찬양의 노래이기도 하다.

가을 아침
님의 전에
보듬어온 정결한 마음 한 다발 올립니다

갈포지 속에 빼곡히 안겨있던
화살나무 고운 잎
작은 얼굴 국화들이
와르르 환호하며 십자가를 바라봅니다

한 가지
한 가지

비로소 털어놓은
속내

평평 쏟아놓는 색깔들의 이야기를

사그락 거리는 고요로

귀 기울이시는

님

마가목 빨갛게 맺힌 열매들이

거북손 등으로

뚝뚝 떨어집니다

−「성전을 장식하며」 전문

   성전을 꽃으로 꾸미는 일은, 시인 성용애의 오랜 '성업(聖業)'이다. 그는 이와 관련하여 필자가 받아 본 두 권의 컬러 화보집을 간행한 바 있다. 하나는 한국꽃예술발전연구회의 일원으로 참여한 공동 출간의 책이고, 다른 하나는 그의 단독 명의로 된 『시와 함께하는 성단꽃장식』이란 책이다. 굳이 강조하여 말하자면 성단꽃장식은 그의 생애에서 가장 소중한 사명인지도 모른다. 인용된 시에서 그는 '가을아침 님의 전에 보듬어온 정결한 마음 한 다발'을 올린다. 꽃들의 작은 얼굴은 십자가를 바라보고, 님은 그 여러 색깔의 이야기를 '귀 기울여' 듣는다. 어렵고 복잡한 언사가 없이도 마음의 동계(動悸)를 이렇게 전달할 수 있다면, 이 시는 참 좋은 소통의 구조를 가졌다.

5. 사람과 공동체를 위한 헌정의 노래

성서에서 신과 인간의 관계를 말할 때, 그 구도는 당연히 수직적이다. 기독교 교의는 인간에 대한 신의 일방적인 사랑으로 시작되기 때문이다. 그래서 '머리카락까지 세시는 하나님'이나 '눈동자 같이 보살피시는 하나님'이란 레토릭이 성립하는 것이다. 그러나 말씀이 육신의 몸을 입고 온 성육신(成肉身, Incarnation)으로서 예수 그리스도 이후, 그 수직적 구도에 못지않게 꼭 같이 중요한 수평적 구도가 성립된다. '하나님의 나라는 너희 안에 있느니라'(눅17:20-21)라고 할 때 이 너희 안은 너희들의 관계 가운데 있다는 말이다. 사람과 사람의 관계가 하나님과의 관계에 덜하지 않도록 소중하다는 가르침은 매우 획기적이고 시사적이다. 그리고 그 수직과 수평의 교차 중심에 예수의 십자가가 있다. 여기 5부에 실린 시들은 대체로 이 수평적 구도의 지향점을 가졌다.

꽃이 된 온몸 혼을 열어
발길 닿는 곳마다 손길 닿는 곳마다
평화를 피운 그대들

대한민국 예술 총연합회 화훼분과 명인
존귀한 이름으로 관이 씌워지니
꽃으로 꽃을 피운 예 혼이여 보람되어라

긴 세월 꽃을 사랑한 정성 한 데 모여

오늘의 영광으로 피워졌거니

꽃으로 그리는 평화에 기쁨 있기를

꽃이 된 온몸 강건하기를

아름다움 퍼지는 곳곳에 더 큰

축복 있기를

—「꽃이 된 당신에게」부분

이 시는 '한국예총 문화명인 화예명인'에 선정된 이들에게, '꽃이 된 당신에게'란 제목을 붙여 쓴 것이다. 좋은 일에 대한 축하의 마음이야 어느 사례인들 크게 다를 리 없겠지만, 성용애 시인이 자신이 생애를 기울여 붙들고 살아가는 '화예'의 지경이기에 그 절실함이 한결 더하다. 꽃을 준비하고 다루는 섬세한 손길, 그 꽃에 혼을 열고 평화를 피우는 그대들, 그 '존귀한 이름의 관'에 대한 예찬의 시다. 일찍이 공자는 〈논어〉에서 "시 삼백 수의 의미를 한 마디로 줄이면 생각에 사악함이 없는 것이다(思無邪)"라고 했는데, 꽃으로 꽃에 대해 꽃같이 노래하는 이 시들이 선한 마음의 소산이요 선한 영향력의 매개체임을 부인할 길은 없다.

우리는 이제까지 성용애 시인의 시들을 만나면서, 그의 시가 어떠한 지평 위에 서 있고 그것이 무엇을 중점적으로 말하며 궁극적으로 어떤 문학적 가치를 담아내려 했는가를 면밀히 살펴보았다. 그의 시는 먼저 계절과 자연과 꽃을 맑고 순후하게 노래함으로써, 시가 가진 소통과 공감의 미덕을 한껏 확장하여 보여주었다. 그런가 하면 호흡이 짧고 압축적인 시들을 통해, 시의 용기(容器)에 담을 수 있는 생각의 깊이를 짐작하게 하기도 했다. 시인 자신의 믿음을 글의 표면으로 도출한 시들, 사람을 귀하고 소중하게 여기는 시들도 이 시집의 대열에 참예(參預)했다. 바라기로는 앞으로 그의 삶과 시가 더욱 역부강(力富强)하여, 우리로 하여금 지속적으로 좋은 시를 만나는 행복을 누리게 해주었으면 한다.

창세기 숲에는 시가 산다

성용애 지음

발 행 처·도서출판 청어
발 행 인·이영철
영   업·이동호
홍   보·천성래
기   획·남기환
편   집·방세화
디 자 인·이수빈 | 김영은
제작이사·공병한
인   쇄·두리터

등   록·1999년 5월 3일
(제321-3210002510019990000063호)

1판 1쇄 발행·2022년 10월 30일

주소·서울특별시 서초구 남부순환로 364길 8-15 동일빌딩 2층
대표전화·02-586-0477
팩시밀리·0303-0942-0478

홈페이지·www.chungeobook.com
E-mail·ppi20@hanmail.net
ISBN·979-11-6855-083-4(03810)